Magi

Zoraida Candela

Magia gitana

Licencia editorial para Bookspan por
cortesía de Ediciones Robinbook, S.L., Barcelona

Bookspan
501 Franklin Avenue
Garden City, N.Y. 11530

© 2001, Ediciones Robinbook, S.L.
  Apdo. 94085 - 08080 Barcelona.
Diseño cubierta: Regina Richling.
Fotografía: Tony Stone.
ISBN-13: 978-84-7927-563-1

Impreso en U.S.A. *Printed in U.S.A.*

INTRODUCCIÓN

El pueblo gitano, también conocido como romaní (al igual que su lengua), es ante todo nómada. Merece la pena destacar este aspecto, ya que la vida, las costumbres e incluso la espiritualidad o la magia jamás se perciben ni experimentan de igual modo que cuando se trata de culturas sedentarias.

La vida sedentaria exige una programación porque todo tiene un ritmo característico. A diferencia del estilo de vida gitano, el ritmo lo crea el planeta, el lugar y las emociones. La vida sedentaria nos permite anticipar determinados hechos y crear un calendario de horarios. En cambio, aunque la existencia nómada tenga ciertos horarios, todo es relativo, como sucede con la magia.

El nómada, como el cazador, no sabe qué se encontrará en su ruta, desconoce hasta qué punto las cosas de su presente serán idénticas o similares a las de su pasado; ello le obliga a prestar más atención, a anticiparse a lo que vendrá y, por supuesto, a enriquecerse con la experiencia de cada nuevo paso. Es una forma de vivir el presente continuo que han perseguido muchas culturas y pensamientos filosóficos. Es bien sencillo: a diferencia del agricultor que se rige por las estaciones y su naturaleza, el cazador, como el nómada, debe dejar que en su vida sea la existencia misma lo que le sorprenda. Puede intuir por dónde surgirá una pieza de caza, pero no puede saber si será capaz de atraparla. En las culturas nómadas sucede lo mismo, conocen las estaciones y saben de las exigencias de cada una de ellas, pero no pueden programar mucho más.

En el nomadismo encontramos otros aspectos que tienen una gran vinculación con la magia, y nos atrevemos a afirmar que incluso se remontan a los tiempos primitivos. Aspectos como el poblado, la tribu, el clan, la hoguera o una invisible ley de costumbres que todos conocen y respetan, no dejan de ser aspectos mágicos importantísimos que nos remontan a épocas pretéritas.

El clan es el grupo que antiguamente se reunía en torno a la hoguera o inicialmente en una misma cueva para obtener así el calor y la protección que da la comunidad. Con el paso del tiempo los clanes crecen, se estructuran y se fragmentan formando otros nuevos. Pero hay una magia invisible en el ambiente que une al clan por encima de todas las cosas. Es como si una energía familiar, destilada al abrigo de la camaradería, impregnase a todos los seres de una misma familia, hasta el punto que vemos cómo en los temas de la magia gitana, los aspectos sentimentales, amatorios y familiares se configuran como principales.

Otro aspecto que no debemos pasar por alto es el campamento y la hoguera. Desde el punto de vista simbólico, el campamento y la disposición de los carros, muchas veces en círculo, no es más que una forma arcaica de protección y de seguridad, una herencia del fuego sagrado de la hoguera. En relación a la hoguera, vemos que en los pueblos nómadas es la gran protagonista, ya que será a través de la unión alrededor de ella donde los diferentes miembros de la tribu hablarán, comentarán o incluso discutirán.

El fuego, nuevamente, es el vínculo que une y separa. Es pues, un elemento mágico casi imprescindible. A lo largo de los diferentes apartados destinados a los rituales de magia gitana descubriremos que el fuego es uno de los elementos más utilizados, ya sea a través de las velas o de las hogueras.

Vayamos a las costumbres. Decíamos que los pueblos nómadas tienen una ley, por lo general propia, que ha sido elaborada mayoritariamente sobre la costumbre. Numerosos antropólogos consideran que este profundo respeto por el arraigamiento, por «lo de siempre», se da con mayor fuerza en el nomadismo que en el sedentarismo. El motivo es simple: en el primer sistema de vida todo es efímero y la costumbre es aquello que rara vez cambia. Ahora bien, en torno a las costumbres, es importante destacar algunos matices, porque éstas siempre pueden cambiar o ser modificadas. Muchas veces se adaptan a los tiempos, pero por lo general cambian muy poco en su esencia.

Otro aspecto que debemos tener presente cuando hablamos de la magia de los gitanos es su riqueza cultural. Como veremos, estamos hablando de una cultura milenaria que carga a sus espaldas una sabiduría fruto de la mezcolanza. En los tiempos actuales en que la globalización parece ser el único sistema de vida, vemos que el mestizaje toma poder cada vez más. Hablamos de mestizaje ya no sólo en el ámbito humano, en el que las razas puras tienden a desaparecer, sino de un mestizaje cultural y conceptual. Esta nueva forma de entender la vida nos permite hallar formas religiosas diferentes, músicas fusionadas, combinaciones y hábitos alimentarios casi increíbles, y como no podía ser de otra manera, amalgamas mágicas.

Mestizaje es la palabra mágica cuando hablamos de los gitanos. De un pueblo que, con el paso de los siglos, conoció y se relacionó con numerosas culturas y países. Un pueblo que fue tejiendo sus leyes mágicas, sus rituales y sus metodologías adivinatorias en base a la experiencia de lo vivido, a la observación, y a la continua toma de contacto entre un lugar y otro.

A los defensores acérrimos de la pureza de la magia todos estos conceptos les deben parecen un tanto incómodos. De ser así, lamentamos decirles que se han equivocado de concepción mágica y de libro. La magia es un poder mundial, global, intercultural e interracial. No debemos creer que la magia fue creada por alguien determinado. Por el contrario, al igual que sucedió con la civilización, evolucionó y sigue haciéndolo con la riqueza cultural de los pueblos, por lo que aún sigue viva en nuestros días.

La magia es una manera de ver y de entender la vida, de participar con ella en un acto que siempre es único e irrepetible. Podemos realizar el mismo ritual, con el mismo objetivo, el mismo día y a la misma hora, pero la magia será distinta. Porque la magia, la auténtica, la que los expertos denominan «con mayúsculas», no puede quedarse anclada en un único valor, en una fórmula exclusiva. Y es ahí precisamente donde reside la diferencia entre la magia gitana y otros tipos de magia. En la magia gitana, casi todo vale, especialmente si el fin es el correcto, pero las fórmulas, pese a permanecer, pueden modificarse adaptándose al entorno.

No tenemos fuentes escritas de los orígenes de una auténtica magia gitana, de cuando los primeros gitanos empezaron sus migraciones que al final les llevarían a lo que hoy es el continente europeo. Es evidente que muchas esencias de la magia gitana se han perdido para siempre; ése es el riesgo de las tradiciones orales. Pero otras muchas formas mágicas que nacieron en los pueblos gitanos permanecen hoy, modificadas y alteradas por la interculturalidad, los tiempos y las gentes. Todo ello, insistimos, ha enriquecido la metodología y, por extensión, los resultados.

Resulta evidente que éste es un libro de magia. Un volumen en el que sin rehuir de la historia y de la tradición, nos decantamos por caminar un poco alejados de ella para profundizar en un aspecto más práctico. Por supuesto, cuando sea necesario nos centraremos también en las tradiciones culturales y las examinaremos para poder comprender mejor una forma de proceder, pero el objetivo es, ante todo, llegar a conocer la esencia mágica y práctica de los gitanos. Para todo, analizaremos una aproximación histórica de sus orígenes, veremos cómo funcionaron en otras épocas y nos adentraremos en su expansión por el mundo.

Cuando indaguemos en los misterios de su magia, lo haremos con el respeto del viajero que se acerca a pedir hospitalidad a un pueblo nómada. Sabemos que seremos bien recibidos, pero desde ese momento son sus leyes las que nos protegen y obligan. Y decimos esto porque no podemos creer que la práctica de cualquier ritual gitano esté exenta de una conexión, aunque sea energética o cósmica, con los que ya no están. Con hombres y mayoritariamente mujeres que prendieron una hoguera, que tejieron una prenda que luego fue mágica, que anudaron una cuerda para atrapar a un ser a quien deseaban cerca o que fabricaron un amuleto o talismán a partir de una pieza de oro.

Veremos, pues, cultos, mitos, creencias y leyendas, rituales y ceremonias que nos acercarán a lo que el hombre siempre ha buscado: el poder de lo oculto. Será entonces cuando, sumergidos de lleno en el mundo mágico de los gitanos, conozcamos sus ricas posibilidades para purificar una casa o el entorno que nos rodea, para lograr que nuestros escarceos o prácticas amorosas sean más fructíferas. Y como decíamos anteriormente, sin olvidar a la familia, descubriremos un gran número de recetas, de prácticas y conjuros que nos servirán para proteger a los recién nacidos, a los ancianos e incluso a las personas que ya no están en este mundo, pero cuya alma todavía anda cerca.

Vamos a traspasar una puerta. Viajaremos en un carromato imaginario como lo hicieron los antiguos gitanos y lo haremos con el máximo respeto aunque sin veneración. Lo haremos aun sabiendo que en ocasiones el camino será difícil, pero no por ello debemos dejar que las circunstancias nos venzan o, de lo contrario, nuestro tránsito no habrá valido la pena.

En magia, muchas veces el cansancio, la incertidumbre y, desde luego, la poca fe, hacen que nos perdamos. Hablamos de magia gitana, sí, pero como todas las demás, ésta es una forma de magia, no la magia en sí. Posiblemente sea mucho más rica que otras tantas, pero funciona bajo los mismos parámetros: oír, osar, ver y callar. No nos llevemos a engaño: quien no respeta estas tradiciones no cumple la ley universal de la magia y, por tanto, no es un buen mago. Aquel que crea que con prender una vela y olvidarse de todo está haciendo magia se equivoca. Lamentablemente o quizá por fortuna, no todo es tan fácil.

La magia requiere de esfuerzo, de convicción, de fe y de paciencia. La persona que se acerca a las temáticas mágicas sabe que lo hace para lograr un fin, sea cual sea, aunque siempre esperamos y deseamos que el resultado sea loable. Lo hacemos muchas veces de forma desesperada, pensando que la magia es la última de las soluciones. Pese a todo, no debemos perder la paciencia y dejarlo todo en manos de los demás o en manos del destino.

Siempre debemos recordar que el destino y los dioses, ya sean o no gitanos, no están a nuestro servicio. No hablamos de esclavos, sino de entidades energéticas que nos ayudarán si les demostramos que realmente necesitamos dicha ayuda, y que para obtenerla estamos dispuestos a un pequeño esfuerzo por nuestra parte. De lo contrario, no funcionará.

Para concluir, un último consejo: a los lectores ya experimentados en este tipo de lecturas, sugerirles que beban de la fuente de la magia sabiendo que cada trago es un camino más hacia la evolución personal, pero que el sorbo no estará completo hasta que decidan por ellos mismos crear su propia metodología y experimentar, yendo más allá de lo que marcan las líneas o capítulos de esta obra. A quienes se acercan por primera vez a una obra de este tipo pensando que es la panacea, o que sin esfuerzo lograrán cambiar sus vidas, lamentamos comunicarles que se han equivocado. Les invitamos a que descubran un nuevo mundo de posibilidades casi inagotables en el que no deben correr, ya que no por ir más deprisa lograrán antes los resultados. Les recomendamos que preparen el carromato de su vida con la seguridad de que mañana habrá un nuevo amanecer, pero que el resto del día, hasta que el sol muera de nuevo en el horizonte, está aún por escribir.

PRIMERA PARTE

EL MUNDO
DE LA MAGIA GITANA

UNA APROXIMACIÓN HISTÓRICA

El pueblo o la cultura conocida como gitana o romaní es, como decíamos en la introducción, ante todo nómada. Si bien es cierto que en la actualidad quedan muy pocos gitanos que mantengan el nomadismo como sistema de vida, su origen es ése. Quizá por este modo de vida fueron denominados los «portadores de la sabiduría», ya que conocían las costumbres de todos los mundos por los que pasaban, aprendiendo de cada uno de ellos. Pero volviendo al origen, vemos que se trata de un pueblo que posee, esté donde esté, un vínculo cultural, lingüístico e incluso mágico que es universal en todos los países.

No fue hasta finales del siglo XVIII cuando se aceptó, o mejor dicho se supo, que los gitanos procedían del nordeste de la India. En aquel entonces ya hacía más de quinientos años que estaban por toda Europa, llevando una vida nómada y entrando en contacto muy de vez en cuando con los pobladores oriundos del continente. Pese a que su origen está bastante claro, todavía sigue siendo un hecho controvertido y fruto de polémica. En cualquier caso, el dato más fiable es aquel que relaciona y establece las concomitancias entre la lengua gitana denominada «romaní» y los idiomas indoeuropeos.

DE ORIGEN INCIERTO

Pese a la existencia de una localización geográfica documentada, todavía se desconoce si los gitanos originarios fueron un grupo de parias o de varias castas. En el caso de que fueran parias, habrían pertenecido a una casta baja del pueblo hindú, siendo pues seguidores de la ley de Brama y privados de los derechos religiosos y sociales. En el caso de pertenecer a otro tipo de castas, es de suponer que no procedían de una sola sino de las numerosas castas que habitaban en la periferia de la civilización india, diferenciadas, eso sí, por diferentes tipos de clases sociales y de costumbres. Sea como fuere, este grupo, como tantos otros, emigró. Baste recordar la hipótesis que nos indica que los primitivos chamanes afincados en la profunda Siberia también tuvieron cierta relación con pueblos y culturas que migraron de la India, aunque no se sabe si fueron los que actualmente conocemos como gitanos.

Al parecer, las oleadas de migración fueron varias y separadas por largos intervalos de tiempo. Así, se calcula que las primeras migraciones acontecieron alrededor del siglo V, aunque las más importantes sucedieron sobre el siglo XI, seguramente a causa de las diferentes invasiones musulmanas de la India. Este origen ya nos da una primera pista sobre el conocimiento místico, religioso y mágico que poseían los primeros gitanos. Pero sigamos adelante, ya que inicialmente, en la primera expansión entraron de lleno en contacto con la cultura persa, ya que llegaron hasta lo que actualmente es Irán y a diferentes zonas de Asia Menor. Por tanto, ya tenemos un nuevo foco de cultura y también de magia. Recordemos que las prácticas mágicas de latitudes como las mencionadas gozan en la actualidad de gran prestigio, siendo muchas de ellas practicadas hoy en día.

Tras unos siglos de asentamiento en Asia menor, una nueva expansión, o mejor dicho una oleada, hizo que los gitanos llegasen alrededor del siglo XV a diferentes países europeos. Su puerta de entrada fue Grecia, donde se calcula que habitaron de forma más o menos estable un par de siglos, y acabaron dispersándose por lo que conocemos actualmente como Letonia, Lituania, Rusia (determinadas zonas del norte), llegando hasta Escandinavia, las islas británicas y España.

UN SISTEMA DE VIDA PECULIAR

Aunque la presencia de los gitanos en Europa fue vista como una singularidad que en un principio resultaba curiosa y chocante, con el tiempo surgieron los problemas. El sistema de vida de aquellas gentes era totalmente divergente de la mayoría de las sociedades europeas. Se relacionaban mínimamente con las diferentes poblaciones por las que pasaban. Preferían establecerse en páramos poco habitados y alejados del todavía minúsculo «mundanal ruido». Creaban sus propias comunidades que tenían una legislación y una tradición propias, que la mayoría de veces no se correspondía con las leyes de los estados en los que se asentaban.

Uno de los lugares donde los gitanos tuvieron mejor acogida fue España, al menos hasta que llegó la época de la reconquista. Cuando llegaron a la Península Ibérica, el territorio se encontraba bajo el dominio musulmán que no sólo toleró su presencia, sino que permitió su expansión con total libertad. Esto resulta fácilmente comprensible dado que entre las culturas musulmanas existen numerosas facciones que, como la gitana, también son nómadas. Nos estamos refiriendo a los Berebere y a los Touareg. Sin embargo, entre los años 1499 y 1783, se promulgaron una serie de leyes que sólo sirvieron para perjudicar al sistema de vida gitano. Se llegó incluso a prohibir el estilo de vestir gitano, su lengua y desde luego sus leyes o costumbres. Por estas fechas en Francia, donde también había numerosos asentamientos gitanos, ya habían sido perseguidos de forma oficial.

Más concretamente, en 1539, se les obligó a abandonar París. Otro tanto sucedía en Inglaterra donde en 1563 se dictaminó una sentencia por la que debían abandonar el país bajo amenaza de muerte.

Con aspectos como los anteriores, el ocaso y la persecución de los gitanos no había hecho más que empezar. En Hungría y en Rumania fueron esclavizados, en España se les maltrataba obligándoles a traicionar su cultura y sus creencias para fusionarse con las del país, y hoy en día se calcula que unos doscientos cincuenta mil murieron en los campos de concentración nazis durante la II Guerra Mundial. La única salvación la hallaron en la Rusia zarista y en varias zonas de los Balcanes donde, tras casi cinco siglos de dominio turco, gozaron de grandes privilegios al convertirse al Islam.

EL CLAN: UNA FAMILIA ETERNA

Al margen de emplear una lengua que no era la del estado en el que se encontraban, el gran problema de los gitanos radicaba en que eran una nación al margen de la ley y de las formas de vida del país al que llegaban. Como decíamos, conceptos como el de clan y familia prevalecían por encima de otros aspectos.

Las diferentes naciones gitanas –hay unos quince millones sólo en Europa– están organizadas por familias y clanes. El clan suele recibir el nombre del lugar en el que se encuentra, así encontramos los gitanos en España, los sinti de Alemania, los arlie en Francia, lowara del este de Europa, etc. El clan es el vínculo de protección, y si bien un clan gitano aceptará en él a cualquiera que respete sus leyes, el clan vela por que el contacto con los otros pueblos y civilizaciones no perturbe su esencia.

Ciertamente, los pueblos gitanos están formados por un mestizaje cultural, pero una cosa es el mestizaje, fruto de la simbiosis con el entorno, y otra la preservación de las antiguas leyes. El clan preserva y dictamina dichas leyes, y por extensión, todo lo perteneciente a la cultura. Por ende, la magia también. Y en este sentido es la seguridad del clan, el vínculo, lo que hace que los rituales primigenios sigan estando vigentes actualmente. Podemos encontrar gitanos católicos, protestantes e incluso musulmanes. Pero por encima de todo son gitanos, o como ellos prefieren, romanís, término que quiere decir «la gente».

En el clan, el rector es el patriarca, un anciano que mantiene una posición de respeto y autoridad. Él será consultado cuando haga falta para todo tipo de temáticas, tanto si son de índole cultural como religioso, político o familiar. El clan mantiene la unión de las familias con el paso de los siglos y constituye una pequeña nación allí donde esté.

APROXIMACIONES MÁGICAS

Dejando a un lado las tradiciones puramente sociales e históricas, vemos que los gitanos también fueron molestos para los seguidores de las artes mágicas, que se encargaron de desprestigiarlos y vincularlos muchas veces con las fuerzas oscuras, malvadas y diabólicas.

Mientras que los magos europeos clasificaban las raíces de la mandrágora en masculinas o femeninas, los brujos gitanos realizaban sus rituales con todas las plantas, raíces y frutas que hallaban por los bosques. Mientras algunos brujos que luego serían cazados y quemados en las hogueras coqueteaban con las clases altas, intentando fabricar oro en alguna que otra corte o preparando extraños elixires de belleza, los gitanos demostraban que había una magia más tremenda e importante, más directa y simple: la mimética.

Los gitanos estaban en condiciones de llegar a cotas mucho más altas de éxito práctico sin tantas florituras. Poseían métodos naturales para lograr recuperar la belleza, para tonificar el cuerpo, para sanar dolencias cotidianas. Tenían, pues, una magia diferente que protegía aspectos como el amor, la pareja, la casa o la familia. ¿Dónde estaba el secreto? Los gitanos necesitaban algo mágico para el día a día, para sus propias necesidades cotidianas, no para satisfacer los caprichos de un mandatario rico.

Durante un tiempo convivieron las dos formas de magia, pero la gitana comenzó a tener más fuerza que la, digamos, tradicional. Desde luego en todos los pueblos y en cada región europea había numerosas costumbres mágicas, adivinatorias o de farmacopea natural que eran originarias del lugar, pero los gitanos no estaban asentados en una zona determinada. Ellos y sus carromatos eran una llamada al misterio, casi como una atracción cuando llegaban a una aldea o pueblo creando gran expectación. Sus habitantes sabían que allí había remedios, tal vez de otras culturas, que resultaban baratos y de fácil aplicación.

Europa dormitaba al abrigo de las propiedades de la mandrágora en una sociedad cristiana que cada vez veía con peores ojos a quienes osaban tentar la suerte de lo divino, desafiando a los dioses con otras formas de proceder. Mientras, los gitanos desarrollaban la magia.

Los poblados de carromatos gitanos eran pura magia. Una hoguera central presidía el asentamiento. El fuego purificaba el lugar y en torno a él crecía la vida y la magia. Los gitanos relacionaban su culto y sus rituales con los animales, las plantas y las aguas de los ríos. Practicaban una profunda magia natural alejada de la ostentación. Así, al margen de la clásica lectura de manos o de la no menos clásica interpretación de la baraja de cartas, la adivinación era practicada a través de la observación de las señales, como ya hicieron antiguas culturas europeas. Escuchaban el canto de los pájaros, miraban el sentido de los vientos y olfateaban el aire, fijaban su vista en la evolución de las nubes en el cielo, observaban el comportamiento de los animales y prestaban atención a todo cuanto les pudiera indicar el devenir.

La observación de los símbolos cotidianos, de todo aquello que sucede «por casualidad» requiere paciencia, pero también valor. En la actualidad nos ocurren cosas a las que no damos importancia, pero si nos molestásemos en preguntarnos «qué ha pasado», veríamos que todo tiene más relevancia de la que le damos y que a casi todo le podemos dar una interpretación. Por supuesto, no se trata de buscar los tres pies al gato, se trata tan sólo de observar.

En la actualidad, la entrada de una abeja zumbando en nuestra casa no es más que un motivo para abrir rápidamente las ventanas con la esperanza de que se marche cuanto antes. Incluso puede que busquemos un spray insecticida para acabar de inmediato con el problema. Para un gitano la entrada de una abeja en su carromato era un buen augurio. Se trataba de una señal de esperanza; la abeja representaba el trabajo, la solidaridad, el equipo. La llegada de una abeja era un aviso del recibimiento próximo de bienes y, por tanto, de buena suerte.

La presencia de una lagartija en nuestro jardín puede representar una ventaja desde el punto de vista práctico, si consideramos que este animal es un exterminador de otro tipo de criaturas no tan agradables, pero a mucha gente la sola presencia de este reptil ya es de por sí una molestia que puede resultarles incluso irritante. Un gitano tradicional no sólo no osaría exterminar a dicha criatura, sino que procuraría no molestarla ni ahuyentarla, pues se considera como portadora de bienes económicos.

Como vemos, casi todo tuvo una razón de ser más pragmática que la otorgada en la actualidad y es que, como podremos comprobar a partir de los siguientes capítulos, las tradiciones gitanas están plagadas de mitos, leyendas y supersticiones dotadas de un profundo sentido práctico y útil para la vida cotidiana.

CULTOS Y CREENCIAS

El pueblo gitano es el pueblo de la calle, del aprendizaje de lo vivido, de la sabiduría de los siglos. Para el antropólogo Edgar Brown, los gitanos han sido los portadores de la sabiduría ancestral: *«a lo largo de sus migraciones, del contacto con otras culturas que no eran las suyas, y pese a mantener su integridad en lo básico, han sabido incorporar como ningún otro pueblo lo esencial de la sabiduría ancestral de las demás. Éste no es un pueblo dotado de una mitología especial y propia, sino que su mitología es universal, es humana, porque han sabido hacer suyas las culturas que veían, aprendían o descubrían en sus migraciones.»*

Puede que no tengan una historia «oficial», que su origen sea incierto, pero lo que sí está claro es que las creencias gitanas están aquí. Como veremos a lo largo de este capítulo, un simple dicho, un refrán, posee una magia singular. En determinadas culturas occidentales recurrimos a la parábola o al rezo para encontrar una explicación, pero los gitanos repartidos por el mundo han creado sus propias parábolas y explicaciones. Algunas son mágicas, otras puramente reflexivas, pero todas están cargadas de un profundo misticismo.

En el mundo moderno en que vivimos no nos consideramos supersticiosos, pero al mismo tiempo, procuramos tocar madera cuando se dice algo desagradable, así como no comentar un proyecto por si no sale, o tirar un poco de sal sobre nuestro hombro cuando la derramamos sobre la mesa. Si nosotros que vivimos en una sociedad tecnificada, estable y del primer mundo, todavía seguimos practicando creencias como esas, no debe extrañarnos las otras muchas que durante milenios han acompañado a los gitanos.

SEÑALES SUPERSTICIOSAS

Muchas de las costumbres que todavía mantenemos hoy día, bien pudieron tener un origen gitano o romaní. Veamos algunos ejemplos verdaderamente curiosos. Según la tradición, cuando vemos una estrella fugaz en el cielo, debemos pedir, sin pensarlo ni un segundo, un deseo que pueda cumplirse. Recurrimos a la estrella como hacedora de milagros. Pues bien, para los gitanos, la estrella fugaz era un elemento de buena suerte. El hecho de encontrar luz en la noche, aunque fuese tremendamente breve, era una señal de buena suerte. Los seres de las tinieblas podían estar cerca y atacar en cualquier momento. La estrella facilitaba que dichos seres se alejasen del campamento. Ellos no pedían deseos pero sabían que aquello les traería buena suerte.

Seguimos en la naturaleza. Una antigua superstición nos dice que si presenciamos la caída de un rayo en un árbol y éste es partido por la mitad o incendiado, podemos padecer mala suerte. Para los gitanos ver caer un árbol, incluso al ser talado, era signo de mala suerte. Ellos creían que sólo había que cortar un árbol cuando no fuera posible recoger las ramas del suelo o cuando éstas no fueran suficientes. Antes de talar un árbol se escupía tres veces en su base para aplacar a los espíritus del bosque. Acto seguido, se indicaba el árbol que sería cortado, y, al dejarlo caer, era imprescindible cerrar los ojos para no ser poseído por los espíritus que lo habitaban.

Las brujas romanís, conocidas como «chovahonni», consideraban que un árbol estaba plagado de espíritus. Algunos podían ser duendes positivos, pero era impredecible saber cuántas criaturas negativas habitaban en la planta y se creía que éstas eran muy vengativas cuando se quedaban sin casa. Las chovahonni recomendaban que cuando se talase un árbol se cerraran los ojos y se cubrieran los oídos para no escuchar los gritos de los espíritus, puesto que creían que podrían llegar a ser poseídos quienes los viesen u oyesen.

Siguiendo con las tradiciones mágicas que hemos heredado, veamos la referida a la ortiga. Con estas plantas se han preparado un sinfín de fórmulas y de pócimas, pero una antigua superstición asegura que si tomamos una ortiga del bosque a partir de la primavera, podemos sufrir una desgracia cercana. Los gitanos, por su parte, recolectaban las plantas de ortiga, especialmente en sus fases iniciales de crecimiento, ya que las asaban o cocían. Curiosamente, cuando hacían esta recolección a partir del mes de mayo, debían tener mucho cuidado puesto que consideraban que el demonio elaboraba sus camisas con las hojas de la ortiga y al quitárselas podría enfadarse provocando desgracias.

Las supersticiones y las tradiciones mágicas gitanas son abundantes. Algunas no están exentas de cierta magia mimética, como aquella que sugería no comer jamás, bajo ningún concepto ni aun con hambre extrema, un caracol. El motivo era muy sencillo: el animal, al igual que los gitanos, llevaba su casa a cuestas.

Pero como veremos a continuación, dejando ya de lado aquellas costumbres que tienen relación o parecido con las que conocemos en la actualidad, observaremos que muchas de ellas nos remiten a un profundo sentido de respeto por la naturaleza y no están carentes de un gran sentido mágico. Si bien tendremos oportunidad más adelante de entrar en capítulos puramente mágicos, algunas de las tradiciones que indicamos pueden servirnos para practicar una precaria magia de emergencia.

MORAS HELADAS

Los gitanos creían que comerlas podría ser negativo para la persona, pero no por el veneno sino porque consideraban que durante el final del otoño atraían al maligno. En este caso el diablo vertía sobre ellas su aliento. Cuando querían alejar de sus vidas a un enemigo, depositaban cerca de su casa o campos moras que se habían podrido a causa de una helada otoñal.

• Un método rápido para alejar a los enemigos es escribir en un papel el nombre de la persona que nos molesta o nos quiere mal, y depositar sobre ella un par de moras que hayan sido recogidas en otoño y que hayan padecido una helada. La forma modernizada de este remedio será recoger unas cuantas moras, congelarlas y acto seguido situarlas sobre la cartulina en la que está el nombre del enemigo.

PAN SOBRANTE

El pan que encontraban intacto era un regalo de los dioses pero el pan que se hallaba tirado, es decir, que había sido desperdiciado por otras personas, no debía comerse, ya que manifestaba el desprecio, el desdén y la falta de honestidad.

La creencia era que quien fabricaba pan en demasía y en lugar de comerlo lo tiraba, estaba cometiendo una ofensa no sólo hacia quienes no tenían tantos medios, sino también ante los dioses de la naturaleza.

El pan despreciado era signo de mala suerte y procuraba alejarse lo máximo del poblado. Una antigua magia consistía en quemar los restos de pan despreciado al tiempo que se pensaba en todo aquello que se deseaba alejar o despreciar por la vida.

- Un remedio mágico de gran efectividad con los rest pan sobrantes consiste en concentrarse pensando en ⌐dü aquello que deseamos eliminar de nuestra vida. Después de reflexionar sobre todo lo que sobra, debemos rociar el pan con alcohol de quemar y echarlo a arder en una pequeña hoguera al tiempo que pensamos que con dicha acción se quema todo lo molesto.

ANILLOS O JOYAS

Aunque profundizaremos en todo ello de manera especial cuando lleguemos al capítulo oportuno, los anillos y las joyas representaban un poder especial para el pueblo gitano que veía en ellos no solamente una fuente de fortuna y suerte, sino también de éxito.

Encontrar un anillo, especialmente cuando era de oro, exigía colocarlo debajo de la pata delantera derecha del caballo del carromato mientras éste estaba en reposo, y atárselo a la pata cuando estuviera en ruta, sin retirarlo hasta llegar al nuevo destino.

Otra superstición aseguraba que si el caballo, estando en ruta, tropezaba con una joya, ella le apartaría de todo mal y que los poseedores del caballo tendrían mucha suerte. Si además, por la noche le entregaban al caballo un trozo de pan mojado, el animal no padecería enfermedades en mucho tiempo, ya que consideraban que así quedaba exorcizado.

- Un sencillo ritual con anillos de oro para poder tentar a la suerte en la vida consiste en sumergir un anillo de oro en una copa de agua. Debemos dejar el anillo en maceración durante toda una noche de luna llena. A la mañana siguiente, y tras retirar el anillo, debemos beber el agua. Este ritual puede repetirse como máximo durante tres días seguidos. Cuando tomemos el agua debemos pensar en aquello que nos gustaría conseguir o mejorar en nuestra vida.

- Otro remedio efectivo, pero en este caso para potenciar la suerte en los juegos de azar, consiste en depositar sobre un boleto de lotería o apuestas una herradura que haya sido usada y sobre ella un anillo de oro.

HERRADURAS Y METALES

Sin lugar a dudas, tanto las herraduras y los caballos, de quienes hablaremos oportunamente, como el carromato, formaban parte de la existencia vital de la vida gitana. En hecho de no disponer de las herraduras, perderlas o no tenerlas en perfecto estado, podía acarrear numerosas desgracias.

En general, una herradura que se perdía podía significar una etapa pasada y hasta cierto punto podía otorgar suerte. Eso siempre y cuando fuera hallada a tiempo y lanzada con fuerza hacia atrás y sin mirar. Este hecho indicaba que se había pasado una nueva fase en la vida, que las desgracias acontecidas quedaban atrás y que con la acción de lanzar la herradura el gitano se despojaba de su pasado más maléfico. Al tiempo, tirando este elemento, se demostraba a sí mismo que nada de lo vivido podía sustituir a lo que estaba por llegar. De todas formas, y matizando un poco en el tema de la herradura, se consideraba que cuando se perdían y no se te tenía constancia de ellas, las desgracias podían estar cercar ya que era una creencia general que si alguna persona encontraba la herradura podría valerse de ella para asumir todas las suertes y experiencias vividas por su poseedor.

Las herraduras poseen una magia singular en la que nos centraremos a nivel ritual, pero también deben considerarse a este respecto algunas de las magias más significativas.

- Una herradura calentada al fuego de la hoguera eliminaba los maleficios que el caballo o su poseedor pudiera haber adquirido en su tránsito por el mundo.

- Para eliminar el mal de ojo o incluso la mala suerte debemos preparar una fogata en la que calentaremos, y si es posible pondremos al rojo vivo, una herradura. Al hacerlo pensaremos que eliminamos todo lo que nos molesta.

- Si hervimos una herradura en vinagre estaremos alejando cualquier posible infidelidad de nuestras vidas.

- Si colocamos un mechón de pelo en una herradura, nos traerá suerte y alejará las ideas negativas de nuestra mente.

- Una herradura colgada en forma de «U» del techo del carromato, era el ahuyentador de espíritus más común y el portador de la fortuna y la suerte. Podemos modificar este sencillo ritual colgando una pequeña herradura del techo de nuestro coche, o incluso situarla en el centro de una estancia de la casa.

El metal también era muy importante. Por ejemplo, una olla o cualquier instrumento de la cocina, no debía lavarse más que cuando fuera necesario. Bastaba pasarlo por agua y quemarlo, ya que era creencia general que de esa manera se eliminaban todos los maleficios.

Los utensilios de cocina y las sartenes que acostumbraban a colgarse en la parte baja del carromato se situaban siempre en posición vertical, para que de esta forma pudieran absorber mediante una magia mimética la energía de la tierra que era el hogar y la despensa de los gitanos.

En cuanto a las ollas, cabe destacar que los gitanos nómadas eran grandes reparadores de estos utensilios de cocina. No sólo por necesidad sino también porque pensaban que una olla que de pronto se resquebrajaba, agujereaba o rompía era una desgracia que simbolizaba la llegada de épocas hambrunas y de mala suerte. La olla que se rompía debía ser sustituida inmediatamente por otra. Eso sí, en el caso de no utilizarla nunca más, era menester enterrarla con un caracol en su interior ya que de esta forma se compensaba la mala suerte.

CABELLOS MÁGICOS

Muchas culturas consideran que los cabellos son una parte muy importante del cuerpo porque contienen la esencia de su poseedor. El cabello es mágico porque tiene una parte de nuestra experiencia, de la vitalidad y hasta del alma. Algunos manuales de magia antiguos se refieren a la conveniencia de no cortarse nunca el pelo en público ya que un enemigo podría tomar un mechón y efectuar con él un ritual mágico. Los gitanos creían en el poder del cabello, pero no sólo del humano, sino también del de los animales, teniendo especial mimo de la cola y de las crines de sus caballos.

Las crines de los caballos, junto con huellas de sus pasos y las herraduras que ya no servían, eran enterradas en rituales para asegurar una larga vida al caballo, protegerlo de todo tipo de dolencias y conseguir que los espíritus negativos no se fijasen en él. Ocasionalmente le cortaban una pequeña porción de cola que ataban a una herradura ya vieja. Acto seguido, espolvoreaban todo ello con tierra que hubiese pisado el caballo, a poder ser toda la tierra en la que estaba la huella de la pisada. Tras este ritual, enterraban en un lugar seguro todo el conjunto, eliminando así el mal del animal.

Las crines de los caballos y los mechones de cabello humano se empleaban en diferentes fórmulas mágicas. Las más importantes son éstas:

- Atando y efectuando siete nudos en dos mechones de cabellos de una pareja se asegura la unión de la misma por un largo período de tiempo.

- Si deseamos que una persona tenga vitalidad, deben.. tarle un mechón de cabello sin que lo sepa. Acto seguido lo humedeceremos con miel y lo guardaremos en un tarro durante una lunación completa.
- Si deseamos que nuestra pareja esté más receptiva, debemos humedecer un mechón de sus cabellos con saliva, líquido seminal o vaginal según sea el caso, y acto seguido envolver el mechón con una prenda usada e íntima. Guardaremos todo el conjunto enterrado en un tiesto o, si fuera posible, lo colocaremos bajo la cama, en la zona donde duerma la pareja.
- Si queremos proteger a nuestro bebé, debemos cortar un mechón de su cabello y unirlo mediante un nudo a otro mechón de su madre. Colocaremos todo ello en un plato de color blanco que rodearemos con sal.
- Si ha habido rencillas familiares o disputas, al margen de intentar solucionarlas, debemos quemar en un pequeño fuego un mechón de cabello de cada una de las personas en litigio.

EL PAÑUELO MÁGICO

No se trata de un simple objeto ornamental, sino de pura necesidad. El pañuelo, que está cargado de una gran simbología mágica, se llevará en la cabeza como elemento protector, como recordatorio de la experiencia y de los tiempos vividos. Él es quien conserva las ideas, los sueños y los miedos de su portador. Por tanto, estamos hablando de un elemento que casi posee el alma de la persona. No es de extrañar entonces que un pañuelo no se le preste a cualquiera, y mucho menos que su portador se desprenda de él tan fácilmente.

Las tradiciones en torno al pañuelo son variadas y muy ricas en matices, tanto es así que casi encontramos un tipo de magia distinto según sea el gitano que lo lleve. A grandes rasgos el pañuelo servía para proteger al bebé durante el embarazo, para unir todavía más a la pareja, para conjurar a los espíritus del amor y encontrar pareja y, también, para hacer maleficios.

Un antiguo ritual afirma que cuando una mujer sabe que otra está persiguiendo a su marido o pretendiente, lo mejor que puede hacer es «cerrarle» el corazón, cuando no el sexo. No se trata de una operación quirúrgica sino de lograr que el interés por aquella persona desaparezca. Para ello, la gitana que había sido ofendida recurría a anudar en su pañuelo una prenda de la otra mujer. Eso sí, previamente se había humedecido el pañuelo con la sangre del corazón de un animal de corral, esto es, pollo, gallo o gallina. En otros rituales vemos que es directamente el corazón del animal lo que se envuelve en el pañuelo. Dicho pañuelo permanecerá al menos una noche bajo el carromato de la enemiga y si ella está lejos, deberá anudarse a la rama de un árbol cercano.

Cuando lo que se pretendía era anular el poder sexual, se recurría a la sangre menstrual. En primer lugar se trazaba un círculo de sangre en el suelo. Acto seguido se colocaba en el interior el pañuelo. Pasada una noche la tela se anudada tantas veces como letras tuviese el nombre de la persona enemiga. De esta forma la otra mujer perdía su apetito sexual.

Pero antes que luchar contra mujeres desconocidas, las gitanas preferían anudar a sus parejas lo más cerca posible. Para ello, tomaban un extremo de su pañuelo y le hacían un nudo mientras pensaban en la persona a quien amaban. Era creencia general que si pasaban el pañuelo por la cabeza de su marido o pretendiente, éste quedaría sometido a los deseos amorosos de la dueña del pañuelo.

- Un sencillo pero efectivo ritual para proteger la virginidad consiste en anudar el pañuelo a la altura del sexo durante la primera menstruación de la niña.
- Para lograr que una persona mantenga su fidelidad, debemos regalarle un pañuelo que habremos llevado atado alrededor del plexo solar, cerca del corazón.

- Si queremos que alguien nos sea fiel, crearemos un pequeño falo de tela o paja en representación del miembro masculino de la pareja. Acto seguido lo anudaremos cinco veces con un pañuelo usado. Derramaremos sobre el conjunto un poco de azúcar.

- Para proteger la mente de los sueños perturbadores, debemos humedecer el pañuelo en agua en la que haya hervido una flor aromática, preferentemente una lila o una rosa. Dejaremos en remojo la prenda, la secaremos al sol y por la noche la anudaremos alrededor de la frente.

LOS ANIMALES, MENCIÓN AL MARGEN

Como cualquier otra cultura que haya estado en contacto permanente con el mundo natural, la gitana tiene gran interés en la observación y en el cuidado de los animales. El más importante es, lógicamente, el caballo, porque de él dependen para trasladarse de un destino a otro. Pero al margen, hay otros muchos que son considerados recursos adivinatorios e incluso mágicos. Éstos son los más importantes.

CABALLOS CASI DIVINOS

Los gitanos consideraban que un caballo era el ser más perfecto y amigable que tenían a su disposición. Si bien se ha recurrido a mulos o yeguas, el caballo es predominante. El lugar donde el caballo pataleaba era una referencia sobre dónde no había que estar, puesto que si algo molestaba al animal, sería mucho peor para la persona. Cuando un caballo soltado del carro, pero dentro del campamento, se encabritaba, podía interpretarse como que un duende negativo andaba cerca, ya que el caballo tenía la sensibilidad suficiente para percibir a dichas criaturas.

El conjuro de protección consistía, tras calmar al caballo, en agitar su cola al aire al tiempo que se escupía en todas direcciones.

El caballo era también un animal mágico, por ejemplo, cuando una persona tenía dudas o se encontraba dispersa. Lo mejor era sentarse sobre un lugar que estuviese marcado por las huellas del caballo porque ello era garantía de buena ruta. La boñiga de caballo también era un elemento recurrente a considerar. Al margen de ser utilizada como combustible, era el perfecto eliminador de impurezas espirituales. Para ello era necesario trazar un círculo con los restos de excrementos, situarse en su interior, hacer un pequeño hoyo en el suelo y orinar en él. De esta forma los genios o duendes negativos ya no molestaban a la persona.

- Una magia moderna con caballos consiste en trenzar la cola de este animal y dejarla colgada en la habitación en la que guardemos los ahorros. La creencia es que la cola del caballo protegerá el destino de dicho dinero.
- Colocar el busto de un caballo orientado hacia la puerta de entrada de la casa nos garantizará que todo cuanto entre en la vivienda lo haga con buen pie.
- Si disponemos de unas bridas que hayan sido usadas, debemos colgarlas cerca de la puerta de la entrada al hogar, ya que si las tocamos al salir, nos ayudarán a tener una buena ruta y a que encaminemos nuestros pasos por la dirección correcta cuando nos enfrentemos a la vida.

CARACOLES CERCANOS

La tradición asegura que no deben comerse, para evitar así la desgracia sobre los semejantes. Un remedio mágico con estas criaturas consistía en dejar que sus babas estuvieran en la puerta de entrada del carromato para que así llegaran todo tipo de suertes.

- Un sencillo ritual para que la suerte llegue a nuestra casa o vida consistirá en trazar un cuadrado con la baba de un caracol en la parte trasera de la puerta de entrada a la vivienda.
- Otro remedio con caracoles consiste en dejar una cáscara vacía cerca de la cama, ya que nos ayudará a conciliar el sueño y evitará que tengamos pesadillas.

SERPIENTES

En numerosos lugares, las serpientes son consideradas criaturas negativas y de mal augurio. Para los gitanos, como es lógico, representaban un peligro en sus rutas, ya que podían atacar a sus animales o incluso a sus familias. Pero empleaban a las serpientes para algunos de sus rituales, incluso protectores. Así, para lograr que todo el clan tuviese suerte, salud y fortuna, los miembros de los clanes gitanos, en la noche del domingo de Pascua, se pasaban de mano en mano una caja que contenía los restos de la piel o del cuerpo de una serpiente así como unas hierbas protectoras. Cada persona escupía un número indeterminado de veces sobre la caja. Cuando todo el clan o la familia había participado del ritual –incluso los más niños–, la caja que contenía la serpiente era lanzada al río para que la corriente alejase toda la negatividad.

Las supersticiones gitanas sobre las serpientes abarcaban casi todos los sectores. Así, una serpiente que apareciera de improviso cuando una pareja se amaba manifestaba mala suerte y dolor al parir los hijos en caso de que los hubiese. Lo mejor era matar a la serpiente de inmediato y enterrarla en aquel mismo lugar para que su maldad no persiguiese a la pareja.

Cuando había un enfermo en el campamento y aparecía una serpiente, podría producirse una muerte. Pero en este caso no se aconsejaba matar a la serpiente, ya que se pensaba que, al morir, podría enfurecerse y llevarse con ella el alma del enfermo o del futuro difunto.

Cuando una serpiente, intentando morder al caballo del carromato, erraba en su ataque, la suerte estaba asegurada y los caminos serían venturosos. Pero era necesario coger a la serpiente y mantenerla viva hasta llegar a un nuevo destino.

Cuando una serpiente era aplastada por el casco de un caballo, aunque no hubiera ataque, era una señal de buena suerte. Aquella serpiente debía conservarse al menos durante una lunación completa para lograr que el éxito no se desvaneciera.

- Un ritual protector de la casa consiste en colocar la imagen de una serpiente, una estatuilla que la represente, o bien un resto de ella en el balcón de la casa ya que de esta manera estamos garantizando que todo el mal quede lejos de nuestra casa.
- Si lo que deseamos es que la pasión no se desvanezca en nuestra actividad afectiva y sexual debemos colocar una piel de serpiente bajo la cama.
- Si queremos que una enfermedad abandone pronto el hogar, debemos colocar bajo la estatua de una serpiente un anillo o una cadena de oro que preferentemente pertenezca al enfermo.

BÚHOS DE MAL AUGURIO

Curiosamente, mientras que la mayoría de las culturas ven en el búho a un ser capaz de despertar la conciencia y de traer buena suerte, en el caso de los gitanos no es así. El búho, tanto si se posa en una tienda como sobre el carro, es signo de mal augurio, de mala suerte. La ruta a seguir no será la adecuada. Por si ello no fuera suficiente, cuando después del amanecer se escuchaba el ulular del búho se interpretaba como el anuncio de una muerte cercana.

Lo peor de todo acontecía cuando un búho se posaba sobre los caballos o incluso caía muerto a sus pies. En el primer caso, denotaba que el animal estaba a punto de padecer alguna enfermedad o incluso de perder el sentido de la orientación, con el peligro que ello suponía para la buena marcha del clan. En el segundo caso, la caída del búho muerto sobre un caballo era interpretado como signo inequívoco de mal de ojo contra el clan o alguno de los miembros.

La forma de contrarrestar estos hechizos era extraer los ojos del ave y frotar con ellos el lomo del caballo. De esta forma se efectuaba una reacción que positivizaba lo ocurrido. Acto seguido el ave era quemada en una hoguera que no fuese la que presidía el campamento.

Pese a esta negatividad, encontramos algunas recetas en las que se recurre al búho como elemento aliado. De esta forma, para vengarse de un enemigo se entierran las plumas del ave de forma que la caña apunte en la dirección de su carromato. Si lo que se desea es que una persona pierda sus ideas, debe colocar cerca de su casa los dos ojos de un búho que habrán sido regados previamente con orina de una mujer embarazada.

OTROS ANIMALES DESTACABLES

Las supersticiones y las fórmulas mágicas abarcaban mayoritariamente las aves que, como el búho, no tenían muy buena prensa. Así, el canto del grajo o del cuervo era considerado como funesto ya que podía avisar de traiciones o de reyertas por venganza. En el caso concreto del cuervo, la visión era un presagio de muerte. Los gallos tenían un papel ambivalente. Cuando cantaban antes de la salida del sol, manifestaban suerte en el día que despuntaba, pero cuando lo hacían tres veces seguidas o a partir del ocaso de la jornada, manifestaban la llegada de enfermedades e incluso de una muerte inminente.

Otros animales a considerar son las ratas, ya que se pensaba que estaban asociadas con el diablo. Una superstición afirmaba que quien presenciase una rata saltando sobre tres de sus patas vería como se vertería la sangre antes de la llegada de la mañana. Por lo que se refiere a las lagartijas o dragones, se creía que quien encontrase una cola de este pequeño reptil, sería afortunado tras padecer una desgracia. Dicho de otro modo, este animal podría subsanar sus males. Por el contrario, quien tuviera un caballo que pisara y matase a una lagartija, podría caer en desgracia a lo largo de la próxima ruta.

A destacar también, dentro del mundo animal, algunas magias que pueden ser incluso de gran ayuda en la actualidad:

- Una rata o un pequeño ratón al que demos de comer un papel en el que habremos escrito el nombre de un enemigo, nos ayudará a liberarnos de él.
- Una lagartija en el jardín o en el balcón de casa nos protegerá de futuras desgracias.
- Una pezuña de cerdo que colocaremos en el armario en el que guardemos la ropa servirá para protegernos contra el mal de ojo.

PARÁBOLAS Y FRASES MÁGICAS

Prácticamente en todas las religiones y cultos encontramos frases y dichos populares que tienen una significación importante. Suelen ser referencias a la vida cotidiana, a hechos que pueden acontecer en cualquier momento y que se revisten en forma de parábola o de refrán popular para su mejor comprensión, pero que poseen una esencia mágica trascendente.

A través de los diferentes proverbios de los pueblos que han tenido presencia gitana podemos descubrir distintas formas de ver y de interpretar la vida, pero también maneras arcaicas de ver y de comprender las frases mágicas.

A lo largo de este apartado descubriremos frases y dichos populares vinculados en su mayoría a la magia o la adivinación.

A través de estas frases obtendremos también una o varias recetas con las que efectuar rituales sencillos y efectivos.

PARA EL AMOR

«Deja que tus pies escuchen lo que no es bueno que oigan tus orejas.»

Este dicho se aplicaba cuando una persona estaba confundida o no atendía a razones, ya que prevalecían en ella los sentimientos subjetivos a la razón o a la objetividad en torno a lo que sucedía realmente. A través de este dicho eslavo, los gitanos manifestaban que la persona afectada debía retirarse a meditar o a pensar en aquello que le preocupaba. Debía hacerlo apartándose de la realidad de lo cotidiano, alejado de todo cuanto los demás pudieran decirle o aconsejarle. La enseñanza de este dicho es que es uno mismo quien debe hallar la verdad, la auténtica respuesta y solución a su desazón.

Uno de los rituales que se empleaban para lograr la claridad mental o de ideas, era precisamente «escuchar con los pies», ya fuera mediante el baile o a través del contacto con la tierra. El primero de los procesos consistía en centrar la idea de la preocupación en lo más profundo de la mente. Al mismo tiempo, el afectado bailaba al son de las guitarras, panderos, flautas u otros instrumentos musicales. Aunque pueda parecerlo a simple vista, no se trataba de un ejercicio lúdico, sino ritual. Claro que tampoco era lo que conocemos actualmente como una danza mística.

Para efectuar este tipo de baile, la persona que sufría los problemas debía centrar toda su atención en los pies, ya que se creía que a través de ellos y no de las orejas, alcanzaría la sensación o el pensamiento que daría respuesta a las dudas. Resulta cuanto menos chocante que en las escuelas modernas de vibra-

37

ción y de ejercicios energéticos también se realicen experiencias similares a las descritas. Se trata de concentrarse en un problema y de hallar la solución de éste mediante la danza. Veamos el proceso.

1. Comenzaremos por seleccionar un lugar en el que dispongamos de cierta intimidad. Cuanta más, mejor. No conviene que nos incordien bajo ningún concepto, por tanto, evitaremos que los teléfonos o ruidos del exterior puedan alejarnos de la concentración.

2. En la sala dispondremos de un equipo de música, aunque será mucho mejor realizar la práctica con unos auriculares ya que el sonido entrará de forma más directa en el cuerpo. Recordemos que, como afirma el dicho, no debemos escuchar la solución al problema con las orejas sino con los pies. Por tanto, debemos tener ocupados nuestros pabellones auditivos con un elemento sugerente y que facilite la danza.

3. Liberaremos nuestro cuerpo de todas las prendas que sean molestas. Si lo deseamos podemos desnudarnos. En caso de preferir permanecer vestidos, mantendremos al menos los pies totalmente desnudos, en contacto con el suelo.

4. Pondremos una música que consideremos acorde con lo que vamos a realizar. Nos decantaremos preferentemente por melodías instrumentales, dado que las cantadas pueden influir con sus letras en nuestro estado de ánimo.

5. Al comenzar la audición, nos concentraremos en el tema que nos preocupa y para el que no somos capaces de hallar una solución. No debemos buscar respuestas, sólo hacer planteamientos.

6. Dejaremos que la música se introduzca en el cuerpo y nos concentraremos en la planta de los pies. Debemos notar el suelo, sentir cómo está debajo de nosotros. Comenzaremos a oscilar levemente al ritmo de la música.

7. Poco a poco nos concentraremos en la idea de que nuestros pies se funden en el suelo. Ya no hay suelo ni pies, sino que somos un todo. Seguiremos oscilando o bailando, preferiblemente al ritmo de una danza lenta.

8. Notaremos que la energía de la vibración, de la danza y de la música nos impregna y asciende desde los pies hasta la cabeza.

9. Nos moveremos libremente. No es preciso seguir un paso determinado, sólo fluir con la música y con lo que sentimos.

10. Cuando notemos que estamos realmente sumidos en la música, rememoraremos, sin dejar de movernos, aquello que nos preocupa deseando encontrar una solución. Podemos recordar imágenes que hagan alusión a lo que nos pasa, vivenciándolas mientras danzamos, dejando que la mente vague libremente.

Si la concentración ha sido la adecuada, aparecerá en nuestra mente un proyecto, una idea, una respuesta. Habremos dejado de ser una entidad para convertirnos en un todo al son de la música. Al igual que hacían los gitanos con su danza, estaremos en condiciones de escuchar simbólicamente a los pies, desestimando la supuesta realidad objetiva que nos aportan los oídos.

Veamos la otra modalidad para escuchar la razón de los pies en lugar de los oídos: entrar en contacto con la tierra. Para realizar esta práctica el afectado se retiraba a una zona tranquila del bosque, allí, descalzaba sus pies y caminaba dando círculos alrededor de los árboles y las plantas. Según los datos en ocasiones lo hacía canturreando alguna melodía o bien repitiendo palabras que no han quedado registradas por escrito.

El objetivo era que mediante el paseo su mente fluyera y su cuerpo, en contacto con la energía de la tierra, se liberase de las opresiones y alcanzase mejores condiciones de actuación. Tras unos minutos de paseo, quien tenía el problema cavaba un pequeño agujero en la tierra, lo justo para que le cupiesen los pies, aunque ocasionalmente se profundizaba hasta la altura de las rodillas. Acto seguido, la persona, generalmente despojada de sus prendas de ropa, se introducía en el agujero, cubría los huecos y permanecía en el lugar unas dos horas a la espera de obtener una respuesta.

Este tipo de prácticas las vemos, aunque de forma diferente, en las culturas celtas. Los druidas se enterraban ocasionalmente dejando sólo la cabeza fuera de la tierra. Afirmaban que era una manera de integrase con el planeta, de fluir mejor en él y de encontrar las respuestas a todo tipo de preguntas. También vemos ceremonias parecidas en algunas tribus chamánicas en las que el novicio, para ser iniciado, es cubierto de hojas y de ramas de los árboles cercanos y obligado a pasar una noche al raso en sintonía con el planeta. La creencia asegura que de esta forma el afectado podrá asumir la sabiduría de la tierra.

Para aquellas personas que deseen realizar este ejercicio de reminiscencias gitanas, pero que, como vemos, es un acto mágico que impera en otras muchas culturas, no hay nada mejor que recurrir a una playa poco concurrida (mejor por la noche) o a una zona de bosque que esté bastante aislada. Una vez allí deberá proceder de la siguiente forma:

1. Cavaremos un hoyo en la tierra. Si bien es suficiente con que se cubran los pies hasta los tobillos, la experiencia nos aconseja que el orificio sea lo suficiente profundo como para que podamos introducirnos en él hasta las rodillas.

2. A la hora de cavar el orificio debemos hacerlo con la conciencia de que estamos penetrando la madre tierra, de que estamos haciendo un agujero en una parte del planeta para obtener su ayuda. Ésta es una forma de ritualizar la acción y nos servirá para despejar otras ideas de la mente. Sobre todo, no debemos pensar en lo que nos ha llevado hasta allí. Sabemos que tenemos un problema que debemos resolver, pero aún no es momento de pensar en él.

3. Una vez hayamos finalizado el hoyo, podemos decidir entre desnudarnos completamente, o sólo los pies o las piernas hasta las rodillas. Nos introduciremos en el agujero, y acto seguido, cubriremos los huecos que haya en él con parte de la tierra que hemos extraído. Lo importante es que vuelva a quedar bien prensada.

4. Cerraremos los ojos y colocaremos los brazos en cruz. En este momento no debemos pensar en nada, sólo prestaremos atención a la respiración y a la intención de relajarnos. Notaremos que el aire entra y sale con total libertad del cuerpo y que al hacerlo nos relaja.

5. Pasados unos minutos, centraremos la atención en los pies, concretamente en la base, notando la humedad de la tierra y los insectos si los hubiera. No debemos tener miedo. Es importante centrar la atención en integrarnos con el planeta y nada más.

6. A medida que notemos que pasa el tiempo nos esforzaremos en percibir que nuestros pies o piernas, según sea el caso, se funden con la tierra que los rodea.

7. Ha llegado el momento de pensar en lo que nos ha llevado hasta este lugar. Nos concentraremos en percibir la energía que emana la tierra en dirección a nuestra cabeza y a los brazos que deben permanecer en cruz. Pasados unos minutos de percepción energética debemos pensar en el problema que nos preocupa o que nos incomoda.

8. Cuando llevemos unos minutos viendo imágenes que tienen relación con nuestro problema, será momento de pedir ayuda a la madre Tierra para que nos dé una respuesta.

9. Dejaremos que nuestra mente viaje libremente y esperaremos la llegada de una respuesta que no tardará.

En la realización de este tipo de ejercicios, mucho más que en su modalidad anterior con la danza o el baile, es preciso mantener un alto nivel de receptividad, pero al tiempo no dejarnos llevar por falsas emociones o pensamientos. Podemos sentir, notar, tener sensaciones o imágenes, pero no debemos juzgarlas, al menos mientras realizamos la actividad. El estudio de lo vivido deberá llegar después.

LA PREVISIÓN

Resulta singular ver que en los pueblos nómadas la previsión se establece con mayor rigor que en otro tipo de culturas. Decíamos al inicio de esta obra que el agricultor sabe más o menos qué ocurrirá, puede prever los cambios meteorológicos y por ello confía más en los fenómenos de la naturaleza. En cambio, el cazador necesita prever por fuerza, tiene que anticiparse y aprovechar los alimentos y bienes que encuentra, muchas veces haciendo acopio de ellos en previsión de una mala jornada al día siguiente. En los pueblos nómadas, concretamente en el caso de los gitanos, sucede igual.

Esta previsión, este desconocimiento, ha facilitado entre otras cosas la creación de innumerables métodos adivinatorios ricos en matices. Destacaremos seguidamente tres frases o dichos que también poseen ciertas connotaciones mágicas:

«No escupas en el pozo que contiene el agua que mañana beberás, no desprecies la corriente de un pequeño río en el que abrevar a tus animales, ni te atrevas a negar la lluvia que puede secar tus labios.»

El agua es un bien escaso para un pueblo nómada. Muchas veces debe racionarse, acapararse y protegerse. Esto facilita la creación de un gran número de señales, augurios y magias en torno al elemento. El agua es el elemento donde habita la esencia de la vida, así pues, es lógico creer que en ella viven los genios protectores y positivos. Cuando se escupe en el agua se está rechazando la vida, se está haciendo un desprecio a lo establecido y, por extensión, a lo sagrado.

Los pozos eran lugares en los que muchas veces se realizaban encantamientos. Se creía que estaban conectados con el corazón de la tierra. Por tanto, hablando en la boca de estos lugares o lanzando a ellos una ofrenda, se podían lograr grandes beneficios. En cambio cuando se escupía, de forma literal o no (cuando se vertían desagravios, insultos o maldiciones en la boca de un pozo), se estaba creando lo que hoy conocemos como un destino negativo.

Hubo numerosos rituales en torno a las aguas subterráneas, quizá el más anclado en las tradiciones actuales es aquel en el que tiramos una moneda al fondo del pozo y luego pedimos un deseo. Pero veamos otros rituales que nos vienen explicados a través de sencillas frases que pueden ser de gran ayuda:

- *Tira la plata al pozo y la vida te regalará grandes dones, siempre que los merezcas y sepas cómo pedirlos.*

Si lo que deseamos es tener una vida en la que recibamos los éxitos que realmente merecemos o si buscamos suerte en los ingresos económicos, debemos lanzar sin pensarlo dos veces una pieza de oro o plata, tanto si es una moneda como una joya.

Este ritual mostraba el desprendimiento, el esfuerzo por el desapego. El oro era la ofrenda, el tributo a los dioses guardianes del agua de la vida. Por supuesto, tras lanzar la joya se realizaba una petición, solicitando un bien material.

- *Quien tira en el pozo una piedra que ha dormido en su lecho, está lanzando sus miedos nocturnos y pidiendo la paz en el sueño y en la noche.*

Los gitanos, como tantos otros pueblos, han respetado mucho el poder de Morfeo, aunque ellos no lo llamaban así. Los sueños eran representaciones de la vida, de hechos que podían acontecer. Generalmente se tomaban como presagios.

El ritual mencionado que podemos probar en la actualidad consistía en tomar una piedra negra del camino, preferentemente de las que se encontraban bajo el carromato. Se limpiaba con agua del pozo y después se dormía con ella por espacio de varios días. Se creía que la piedra retenía una parte de la esencia del sueño y que al ser lanzada al pozo de agua, éste recibía los pesares nocturnos que desaparecían de su portador.

Tras lanzar la piedra al pozo se esperaban unas horas y, acto seguido, antes de acostarse, se extraía agua de él para beberla justo antes de dormir.

- *Quien lanza una maldición en la boca de un pozo, crea un destino oscuro como la noche sin luna.*

Un ritual que desde luego no estaba bien visto era pedirles a los genios de las aguas la eliminación de los enemigos e incluso su participación en rencillas y venganzas.

Para proceder, el increpante se situaba en la boca del pozo, escupía tres veces en su interior y después comunicaba en voz alta aquello que deseaba que ocurriese. Como podemos imaginar, partiendo de la base que los pozos poseen el agua de la vida y que se recurre a ellos para cuestiones favorables, el hecho de escupir y de lanzar imprecaciones en su boca era una manera de ofender a los dioses con una «magia mala».

- *Quien tira al pozo un caracol muerto está dando paz a un ser hermano. En cambio, quien deja caer en el agua un caracol que todavía vive esta generando la desgracia.*

Resulta muy significativa esta forma de proceder. Ya hemos visto antes la importancia que tenía el caracol para la cultura gitana, pero en la mención de esta frase ritual vemos que posee una dualidad. Y es que realmente se trata de dos tipos de rituales en uno solo.

Cuando en el campamento había un muerto, se colocaba bajo su carreta o en el interior de su tienda la cáscara de un caracol o uno que hubiera muerto de forma natural. Se creía que la esencia del difunto tendría mejor suerte y que sus miedos y dudas llegarían al caracol. Cuando el caracol se tiraba al pozo, se estaba dando paz al muerto y encaminando, al mismo tiempo, a su alma.

Por el contrario, cuando el ritual revestía ciertas connotaciones negativas, se colocaba un caracol vivo en la puerta de entrada de la tienda o bajo el carromato para que su habitante lo pisara matándolo. Al acabar con la vida de este animal estaba creando malas vibraciones sobre su persona. Cuando no era factible lograr la muerte del caracol con la forma mencionada, el proceso era situarlo encerrado en una caja cerca de la casa de la víctima. Pasados unos días, se envolvía el caracol con un trozo de tela o una cadena de la víctima y se tiraba al pozo para que muriera ahogado.

Sigamos con la frase mágica que encabezaba el apartado de la previsión. El texto nos habla del desprecio del agua del río. Efectivamente, por pequeña que sea la corriente, puede ser de gran ayuda, puesto que en ella está no sólo la bebida, sino también el alimento que puede ser pescado.

Cuando se desprecia la corriente de un río, se está creando una maldición porque se reniega de la naturaleza del planeta y el río es también curso de vida. Pero, además, como veremos seguidamente, el río también era fruto de innumerables formas de magia. Veamos algunas frases que nos los corroboran y conozcamos los rituales:

- *Deja que tu pañuelo se moje por el agua que corre del río y alejarás de ti todas las dudas y mentiras.*

El pañuelo tiene una parte de la esencia para los gitanos, por tanto también tiene una parte de las verdades o mentiras que toda persona ha pensado y que ha tenido en su cabeza. Cuando una persona ha tenido que escuchar mentiras u ofensas sobre su persona, por mucho que intente olvidarlas su mente reitera la acción una y otra vez.

Una magia para evitar los recuerdos desagradables consistía en pensar en ellos durante un largo tiempo para así impregnar mejor el pañuelo con ellos. Acto seguido, el poseedor de la tela, sosteniéndola con una sola mano, la acercaba al agua del río para que se mojase y, simbólicamente, fuera el curso de las aguas el que lavase la prenda de todo mal.

El ritual referido pertenece a la magia denominada mimética y puede ser muy interesante realizarlo cuando estemos pasando por una etapa ingrata de nuestra vida. Para proceder sólo tendremos que colocarnos un pañuelo largo en la cabeza, concentrarnos pensando en aquello que nos ha molestado o importunado y seguidamente acudir a un curso de río en el que humedecer el pañuelo. No estará de más que mientras observamos el pañuelo mojándose y purificándose, pensemos que con dicha acción también se purifica nuestra vida.

- *Besa las aguas del río y mañana podrás besar los labios del amado que te espera.*

Sin duda, estamos ante un ritual que se circunscribe dentro de la magia amatoria. Besar el río era una forma de besar la vida, el corazón y las emociones. Los gitanos son un pueblo que ama quizá con más pasión que los demás. Esto lo vemos por la gran cantidad de rituales que encontramos relacionados con el amor.

La frase referida hace alusión también al uso del mimetismo como la mejor forma de magia. En otro apartado del libro hemos comentado que la magia gitana en general es simple, clara, pero muy efectiva. ¿Hay algo más simple que besar un río?

El ritual propuesto a través de esta frase aconseja a las jóvenes que están en edad de casarse que se acerquen a un río pensando en su amado o en la persona que desean encontrar, ya que en cuestiones de amor, la libertad quedaba un poco lejos para los gitanos, puesto que las bodas acostumbraban a pactarse entre familias. La joven debía pedirle a la fuente de vida, que es el agua, que la ayudase a encontrar un buen marido y un mejor novio. Tras pensar en él, se inclinaba para apoyar sus labios en el curso del agua del río, como si de un beso se tratase.

Éste es un ritual que podemos complementar y modernizar. Para ello pondremos agua de río en un plato hondo. Al fondo del plato depositaremos la fotografía de la persona que es objeto de nuestro amor. Acto seguido, concentrándonos en la acción a realizar, besaremos el agua pensando que obtendremos el amor y la felicidad.

No podemos concluir este repaso por la simbología del agua vinculada a la magia gitana sin referirnos al agua de lluvia. Decíamos antes que cuando se desprecian las gotas de agua de lluvia se ofende a los dioses y al azar, ya que en una ruta de secano el agua caída del cielo puede ser la auténtica salvación.

Pero la frase que hace referencia a negar que el agua de lluvia toque nuestros labios, nos lleva aún más allá. Nos recuerda que las acciones que emprendemos hoy pueden tener un efecto nocivo o benéfico mañana. Nuevamente hablamos de la previsión, de la necesidad de llegar a la anticipación. Y como no podía ser de otra manera, tenemos que hablar de la magia de la lluvia:

- *Deja que la lluvia limpie tu rostro y lograrás la belleza que te entregará el amor.*

No se trata de una frase hecha dotada de un cierto romanticismo. Los gitanos, más concretamente las gitanas, se esforzaban en mantenerse siempre frescas y lozanas. Sólo es necesario fijarnos un poco para encontrar un gran número de remedios curativos, purificadores y de belleza. Algunos se centran en el uso de una primitiva farmacopea, otros recurren al empleo de las piedras preciosas y las joyas. El agua, en este caso de lluvia, no podía ser menos.

Un antiguo ritual cíngaro para la belleza nos propone algo tan fácil como recurrir al agua de lluvia para mantener la juventud en el rostro. Pero no se trata de lograr limpiar la cara de impurezas como indican otros rituales, sino de potenciar la luz interior hasta lograr la belleza que nos lleve al amor. Las muchachas que estaban en edad de merecer se acicalaban como las demás, siguiendo sus costumbres habituales. Pero aquellas que deseaban que un hombre se fijase en ellas o que su pareja reforzase los vínculos de amor que ya existían, practicaba el ritual con agua de lluvia.

El procedimiento era y es muy sencillo. Se trata de recoger agua de lluvia en una concha marina y dejarla reposar en ella durante toda una noche. Por supuesto, según el tamaño de la concha, eran precisas varias. Otro sistema, quizá más práctico, era recoger el agua en un cuenco denominado «olla del amor». Se trataba de una pequeña ollita que era uncida con esencias florales por fuera y miel por dentro. El agua depositada tanto en las conchas como en la ollita era macerada con un mechón de cabello de la pareja. En su defecto, si no se disponía del mechón, servían las uñas. Se le añadía a todo ello unos cuantos pétalos de una «flor bella». Entendemos que se trata de escoger una flor al gusto de quien debe efectuar la limpieza.

Tras toda una noche de maceración y siempre y cuando al día siguiente luciese el sol, pues de lo contrario el ritual no podía efectuarse, la dama debía pensar en su amado o en la persona que pretendía. Entonces se lavaba el rostro, comenzando por los ojos, la frente después y finalmente las mejillas. Esta limpieza podía hacerse con la ayuda de un paño o bien, entendiendo que los escrúpulos lo permitían, aplicando el mechón de cabello directamente en la piel.

- *Quien bebe el agua prueba el sabor de la belleza que nunca termina.*

Un nuevo ritual, parecido al anterior, vincula el agua de lluvia con la capacidad de sentirse mejor y de ser más feliz. Se trata de una práctica que estaba enfocada a las personas que se consideraban desgraciadas o poco afortunadas en la vida en general. El remedio estaba basado en beber el agua de la lluvia como revulsivo a la situación.

La forma de llevar a cabo esta práctica es recogiendo el agua de lluvia y depositándola en un recipiente preferentemente de barro. Se colocaba el recipiente sobre dos herraduras cuyas puntas debían estar orientadas al norte y sur respectivamente. Era preciso que transcurriese al menos una noche completa antes de probar el agua.

La ingestión del agua debía hacerse a mano, puesto que no era válido recoger el agua del recipiente con cazo alguno. Por lo tanto había dos soluciones: o colocar las manos a modo de cuenco o sorber el líquido directamente del recipiente. La medida justa a ingerir era la que una persona normal bebería durante todo un día. De esta manera vemos que si en una jornada habitual alguien bebe dos litros de agua, ésta es la cantidad apropiada.

Este ritual puede efectuarse en la actualidad si bien, por desgracia, en las ciudades el agua de lluvia no es precisamente lo más puro que llevarnos a los labios. Por ello sugerimos hervirla antes de proceder a dejarla en reposo toda la noche.

- *Aquel que lava sus ollas con la lluvia de la mañana, puede preparar el guiso de la abundancia.*

Ésta es otra referencia a las excelencias del agua de lluvia, en este caso como protectora y preservadora de la alimentación y como dadora de frutos y bienes.

Ya hemos comentado la importancia que tuvieron los cacharros y las ollas para los gitanos. La olla, elemento indispensable para la cocción de los alimentos, difícilmente era lavada, salvo con agua de lluvia, siendo posteriormente quemada en una hoguera para su purificación.

La frase anterior hace referencia a un ritual que consistía en realizar, cuando llovía, una acción de gracias a los dioses protectores de los caminos. Según la tradición, cuando en la olla en la que se preparaban los alimentos caía agua de lluvia, el día sería provechoso en todos los sentidos.

Una magia moderna para realizar aprovechando la lluvia consiste en preparar un cuenco de barro o de latón en cuyo interior debemos introducir un papel en el que habremos escrito un deseo que tenga algunas posibilidades de cumplirse. Un día que llueva saldremos al exterior con el cuenco dejando que se llene de agua de lluvia. Según la leyenda, cuando el agua comience a salir por el borde del recipiente, debemos extraer el papel de petición y dejarlo en el suelo para que las gotas de lluvia borren lo que está escrito en él. Si el papel se borra por completo, querrá decir que el deseo tiene muchas posibilidades de cumplirse.

SEGUNDA PARTE

MANUAL PRÁCTICO
DE LA MAGIA GITANA

OPERATIVIDAD Y PRÁCTICA

Si bien hemos tenido la oportunidad de conocer algunos de los aspectos mágicos de los gitanos en la primera parte, profundizando incluso en algunos de los rituales más clásicos y sencillos, será a partir de esta segunda parte cuando nos centraremos ya de lleno en la actividad mágica. Eso sí, debemos hacerlo sin prisa, con método y con ritual.

Decíamos en la introducción de este libro que la magia gitana no es tan diferente de otras aunque resulte peculiar. Y decimos peculiar porque si bien estamos seguros de que muchos lectores han tenido la oportunidad de conocer algunos rituales mágicos a través de otras obras, nuestro planteamiento es un tanto diferente. Consideramos que para realizar una acción es imprescindible saber qué estamos haciendo y cuál es el motivo que nos ha llevado hacia ella. De lo contrario, la magia, sea cual sea, pierde una parte de su sentido más sagrado. Por eso, dado que éste es un libro dirigido a todo tipo de personas, con independencia de su raza o cultura, sin entrar en dogmatismos ni pretender a través de estas simples páginas dar lecciones de sentimiento mágico gitano, sí que consideramos preparar un mínimo al lector o al menos darle la oportunidad de que posea la información.

A través del siguiente capítulo nos centraremos en conocer algunos de los preceptos mágicos de carácter universal, ellos nos servirán para entender mejor el funcionamiento de un ritual. Con ellos veremos que debemos llevar cuidado con lo que se nos dice, con lo que pensamos o visualizamos, ya que incluso la visualización puede generar, aunque no lo pretendamos, una forma de magia. Será cuando conozcamos esta parte de la esencia cuando estaremos en condiciones de centrarnos en los diferentes rituales mágicos que, para darles un mejor sentido práctico, hemos dividido en grupos temáticos.

Al margen de la mencionada división, el lector hallará en las diferentes recetas y prácticas una somera explicación que le centrará el tema, una lista completa de ingredientes a usar y la descripción paso a paso de cómo es preciso realizar el ritual o la práctica.

Al respecto de los ingredientes, hemos procurado seleccionar aquellos que resultaban más fáciles de conseguir, rehuyendo de los más extraños o de aquellos que son propios de ciertas latitudes que nos quedan un poco lejanas. Pero no por ello se ha perdido la esencia mágica, ya que siempre es factible encontrar un ritual que persiga el mismo fin en un país o cultura más cercana. Ahí está una de las riquezas de la magia gitana, su capacidad de adaptación al entorno, su valía en aplicar elementos nuevos para las recetas o prácticas de siempre.

Pero, en cualquier caso, tanto si se trata de una posición, como si nos referimos a un ingrediente ritual, o si tenemos que efectuar una invocación, lo que debe prevalecer, al menos con el tiempo, es el sentido que nazca de nuestro corazón. Por ejemplo, si nos preparamos para ritualizar un color determinado de vela y el operador considera que aquel elemento distorsiona su capacidad psíquica, siempre será mejor que lo sustituya por uno de otro tono a que se sienta bloqueado en la experimentación.

La creatividad de la energía que mueve la magia está precisamente en el sentido profundo de hacer aquello que nace del corazón, sabiendo que no por ello dejamos de respetar una tradición o un culto. El lector se dará cuenta de que con el tiempo está incluso en condiciones de crear sus propios rituales o amuletos. Puede hacerlo, pero jamás hay que tener prisa.

Esto mismo sucede con el templo o carromato. Es evidente que la mayoría de los lectores no dispondrán de una carreta en la que efectuar sus prácticas, y tal vez no puedan acudir siempre que lo deseen a un llano en el bosque a recitarle un conjuro a la luna llena en la inmensidad del prado. Aconsejamos que cuando ello sea posible se lleve a cabo, puesto que la experiencia no tiene parangón, pero en caso de poder reunir todos los requisitos, también puede servir el jardín de nuestra casa, la terraza e incluso una improvisada zona del balcón.

Para todos los casos, sólo hay que tener presente algo que debe ser inviolable y completamente respetado: el templo es el templo. El templo es un recinto mágico, privado, sagrado y de respeto. Podrán entrar amistades si lo deseamos, podremos compartir el lugar con personas queridas, pero cuando actuemos, salvo que se trate de un ritual en que precisemos ayuda o deseemos que alguien nos acompañe, lo haremos con la soledad de estar con nosotros mismos y con las entidades invisibles.

ASUMIENDO LA ESENCIA

Cuando hablamos de magia debemos comprender que ésta posee diferentes matices y formas de encauzamiento. Así, no es lo mismo la magia evocativa que la invocatoria o la mimética. De igual manera, no debemos caer en el error de pensar que todos los remedios mágicos poseen la misma efectividad, ya que encontramos elementos o rituales mágicos que serán a medio o largo plazo. Pero antes de pasar a conocer de forma estructural de todos estos matices, cabe destacar cuáles son los cuatro pilares sagrados sobre los que se asienta la magia, sea del tipo que sea. En este caso hablamos de cuatro palabras básicas: «Querer, Osar, Ver y Callar».

La magia es una manipulación de la energía de aquello que está establecido. No importa si es a través de la palabra, el pensamiento o la acción, la magia o, mejor dicho, el acto mágico, puede producirse en cualquier momento de nuestra vida incluso sin que tengamos conciencia de él. Por eso los cuatro términos mágicos son tan importantes.

A veces emitimos un pensamiento con tanta fuerza o energía que sin darnos cuenta estamos creando un campo energético a nuestro alrededor. Dicho campo puede afectar no sólo a nuestro entorno, también a las personas que están en él. Pero cuando la fuerza es proyectada con verdadera ansia, todavía puede llegar más allá, traspasando las distancias que entendería la coherencia. Por eso todos los magos creen que es preciso llevar cuidado con lo que se desea, dado que en el caso de cumplirse no siempre estaremos preparados para ello. Y esto afecta a todas las naturalezas, ya sean positivas o negativas. Por ello también debemos ser precavidos cuando generamos un pensamiento negativo, porque puede acarrearnos consecuencias desagradables.

El mago que se precie no debe conformarse con prender una vela, anudar un pañuelo, lanzar un caracol o trabajar con una herradura, símbolos todos ellos vinculados a la magia gitana. Debe saber que al realizar uno de estos actos, está manipulando las energías, por lo que deberá hacerlo con y a conciencia.

Los cuatro preceptos de la magia nos recuerdan cuáles son las mejores formas de actuar. La primera de todas es Osar. Cuando el mago o la persona que prepara un acto mágico está osando, decimos que está franqueando una barrera. Se está atreviendo a ir más allá de lo establecido, de la barrera invisible de la credulidad, de lo que es posible o no. Al osar, ya se está empezando a proyectar, se está comenzando a lanzar la energía primigenia, una minúscula forma de magia.

El segundo paso consiste en Querer. A priori puede parecer que estamos hablando de lo mismo, pero cuando el operador de magia «quiere», lo que hace es poner en marcha su pensamiento. Dicho de otro modo, ya ha tomado la decisión de efectuar la magia, sabe que tiene que recurrir a una serie de elementos, a una forma de ejecución o ritual e invertir un tiempo en ejecutar la acción. Es entonces cuando la magia toma forma realmente.

Un tercer paso es «Ver». Simbólicamente, cuando hablamos de ver en magia nos estamos refiriendo a que el iniciado o mago debe tener la capacidad de imaginar cómo se resolverá una situación a partir de la magia. Cuando ve, lo que hace es proyectarse a través de la visualización. Debe ser capaz de imaginar aquello que desea para que luego, con la fuerza de la magia, pueda verse cumplido.

El último proceso, pero no por ello menos importante, acontece cuando el mago aplica el término «Callar». Esto implica que el mago sabe que no debe decir lo que ha realizado, ni comentar lo efectuado porque a partir del momento que se ha llevado a cabo el ritual, las energías y las vibraciones están en el aire y podrían ser influidas por otras personas que tuvieran conocimiento de lo realizado.

Cuando los cuatro puntos referidos anteriormente se cumplen con exactitud, la magia tiene mucho más poder y por extensión el mago está en condiciones de mejorar su rendimiento mágico. Pero no todo acaba aquí. Decíamos que no es posible concebir la magia desde un punto de vista pasivo, donde baste una palabra o una invocación para esperar un resultado. El mago o la persona que realiza un conjuro, ritual o hechizo debe contar con una preparación mínima. Debe aprender a respirar, a relajarse y, en especial, a visualizar.

RESPIRAR Y RELAJAR: DOS REGLAS DE ORO

El lector que haya llevado a cabo alguno de los experimentos anteriores se habrá dado cuenta de que poniendo un poco de voluntad, el simple hecho de respirar y hacerlo pausada y conscientemente, sintiendo la entrada y la salida del aire, es una forma de relajarse.

Pero pese a todo, en general, no sabemos respirar.

La respiración puede marcar el estado emocional en el que nos encontramos. Así, cuando realizamos una actividad placentera y sosegada, el flujo del aire es lento y pausado. Por el contrario, cuando la actividad a realizar es frenética o nos pone nerviosos, la respiración puede tornarse entrecortada, aparecen sensaciones de ahogo y surgen los suspiros.

Todos deberíamos hacer un esfuerzo por respirar conscientemente, y ello quiere decir saber que estamos respirando, que el aire nos da la vida y que con él podemos oxigenar no sólo la sangre sino también las emociones.

Cada persona tiene su forma habitual de respirar, lo que no quiere decir que sea la correcta. Hay quien respira siempre por la nariz o quien tiene la mala costumbre –dolencias al margen– de hacerlo exclusivamente por la boca. Lo ideal sería que el aire entrase a nuestro organismo por la nariz, ya que en ella disponemos de una serie de filtros que lo purifican. Además, entrará más caliente y así evitaremos constipados. Otra cosa es cuando llega el momento de expeler el aire. Algunas tradiciones defienden que debe hacerse por la boca mientras que ciertos expertos meditadores abogan por la expulsión nasal. Lo cierto es que cada cual debe crear su propio método, aquel que le resulte más cómodo y práctico a la hora de experimentar.

Hay un punto que no debemos olvidar: la retención. Cuando tomamos aire, hay un momento que podemos prolongar si lo deseamos, en que el aire está en nuestro interior y podemos trabajarlo a voluntad. La retención sirve para hacer vacías, para desbloquear o para manipular la energía que está en nuestro cuerpo en forma de oxígeno.

Decíamos que con la respiración podemos lograr la relajación, eso siempre y cuando estemos dispuestos a dejarnos llevar por el fluir del aire. Hay varias formas de llegar a un estado en que el cuerpo, acompasado por la respiración, queda relajado y suelto. Sin embargo, la respiración no es el único sistema.

Las primeras veces que deseemos relajarnos, lo haremos tumbándonos y escogiendo preferentemente la hora previa a la que nos acostemos normalmente. El cansancio del cuerpo y la somnolencia nos predispondrán a una mayor relajación. Pese a todo, advertimos al lector que relajarse no es dormir, sino mantener un estado de conciencia y vigilia que nos permita trabajar las energías o la visualización. En cualquier caso, para relajarnos mejor, seguiremos estas indicaciones:

1. Nos despojaremos de todas aquellas prendas de ropa que puedan resultar incómodas o que sean ceñidas. Nos quitaremos también los relojes, pulseras, cadenas etc.
2. Adecuaremos la temperatura de la estancia para que no haga excesivo frío o calor. Por supuesto, procuraremos evitar las corrientes de aire.
3. Adaptaremos la luz a una intensidad que resulte satisfactoria. Lo ideal es una luz de mesilla de noche situada a la altura de los pies de la cama. Si lo preferimos, podemos trabajar completamente a oscuras, pero con ello corremos el riesgo, al menos en las primeras prácticas, de acabar dormidos y con el trabajo a medias.
4. Al tumbarnos sobre la cama lo haremos separando ligeramente las piernas y si es posible dejando los brazos en cruz.
5. Manteniendo esta posición, cerraremos los ojos y comenzaremos a respirar pausadamente, sintiendo que el aire entra y sale del cuerpo. Sin más. Después, poco a poco iremos centrando la atención en las diferentes partes del cuerpo para que se vayan relajando y desentumeciendo.

A la hora de centrar la atención en las zonas a relajar, no debemos hacerlo pensando en que cada vez queden más relajadas ni forzando en exceso la intención sobre un lugar determinado, ya que cuanto más empeño se pone en lograr que una parte del cuerpo se relaje, mayor dolor o picor suele generar. Lo ideal es ir dejando el cuerpo suelto, sin prestarle demasiada atención. Pasados unos minutos nos centraremos en la intención de relajar las piernas. Al cabo de otro tiempo prudencial el objetivo será el tronco. Después los brazos y, finalmente, la cabeza. Al efectuar estas segmentaciones, lo que logramos es no tener que prestar atención a una zona determinada y que todas se relajen casi por igual.

Con el tiempo, cuando el lector ya sepa relajarse tumbado en una cama, podrá alcanzar estados de relajación mucho más rápidos sentándose o permaneciendo en pie al tiempo que ritualiza. La relajación nos permite, entre otras muchas cosas:

- Centrar la atención en el objetivo de un ritual, efectuándolo de forma más pausada y continua.
- Visualizar con el máximo detalle aquello que pretendemos lograr.
- Invocar con más fuerza y seguridad, y en armonía con la energía que debemos desprender en ese momento.

APRENDER A VISUALIZAR

Somos lo que pensamos. Aquello que se imagina o desea puede acabar siendo realidad. La visualización creativa es la forma ideal para desarrollar una capacidad que perdimos cuando éramos niños: imaginar nuestros deseos sin dejar que el miedo de la razón sea una frontera. Cuando visualizamos estamos dando forma a la magia, estamos creando un campo egregórico (de vibración mágica) que será el que nos ayude en la consecución de los proyectos.

Es evidente que cuando la gitana, como hemos destacado en un ritual anterior, besa el río, lo que hace es visualizar, imaginar en su mente que realmente está besando a su amado. Los expertos en artes psíquicas aseguran que no debemos temer a pensar ni imaginar, siempre y cuando estemos dispuestos a aceptar que aquello que pasa por la mente puede acabar en el mundo real.

No hay una explicación coherente para comprender esta sencilla forma de magia que es la visualización. Teóricamente, cada vez que idealizamos un sueño, una idea o una ambición y la llevamos hasta nuestra pantalla mental, se desencadena un proceso de emisión de frecuencias que acabarán «flotando en el aire». Alguien, por pura «inspiración», es decir, de forma involuntaria o con un fuerte poder psíquico o telepático, puede captar nuestra idea. Y eso es precisamente lo que buscamos con el ritual: que el cosmos y las personas perciban la energía que hemos puesto en movimiento.

Cuando pensamos, imaginamos o proyectamos ideas e ilusiones, las visualizamos en nuestra mente. Pensar en un viaje, en un proyecto de trabajo, en aquello que deseamos comprar, genera un pensamiento casi instantáneo que nos lleva a una consecución de imágenes. La fuerza psíquica que empleemos y la constancia que tengamos a la hora de efectuar estas visualizaciones es lo que nos dará la fuerza para lograr que se cumplan o, cuando menos, que suceda algo que tenga relación con ellas. Por supuesto, un buen o un mal resultado de la práctica mágica dependerá del ritual y de la formulación, aunque también de la visualización.

El lector puede preguntarse que, si imaginar es visualizar, ¿dónde está la diferencia? Muy sencillo: en que cuando imaginamos simplemente dejamos que la mente se evada, que vague sin un sentido o intención determinada, mientras que al visualizar lo hacemos con toda la conciencia del mundo, provocando al tiempo un deseo.

Muchas personas que entran en las temáticas de la magia, sea o no gitana, niegan la evidencia de la capacidad de visualizar. Aseguran que en cuanto se ponen a ello la mente les bombardea con todo tipo de imágenes menos la que desean de verdad. Ciertamente, es muy fácil caer en este error. Todo se debe a la falta de preparación, y a la carencia de programación y de objetivos reales.

De la misma forma que un ritual no debe improvisarse ni efectuarse por puro impulso, la visualización creativa y mágica también requiere de una programación. No se trata de pensar una sola vez en nuestro jefe entregándonos más dinero de lo normal ni de recrearnos mentalmente en que una de las personas que es fruto de nuestro amor nos cae rendida a los pies. Situaciones como las referidas pueden provocarse mentalmente y con la ayuda del conveniente ritual, pero antes es necesario programarlas.

Antes de imaginar debemos tener un objetivo real. Vamos a ver algunos casos prácticos que pese a no estar circunscritos directamente en las lides de la magia gitana pueden servirnos como ayuda y entrenamiento.

Supongamos que estamos preparando un ritual de anudamiento con un pañuelo porque nos atrae una persona y deseamos estrechar la relación con ella. Ya tenemos el objetivo: la persona. Tomaremos nota de ello y escribiremos su nombre en un papel. Si podemos, añadiremos junto al nombre la fotografía de quien nos atrae, o en su defecto algo que nos la recuerde.

El segundo paso es lo más parecido a un guión cinematográfico. Dicho de otro modo, debemos crear sobre el papel las pantallas de imagen que luego reproduciremos en la mente. Con tres pantallas diferentes bastarán. Acto seguido debemos programarnos para «proyectar» nuestra película mental. Para ello escogeremos un momento adecuado del día, una hora en la que podamos mantener cierta concentración y tranquilidad. Después crearemos un calendario de visualizaciones. Ya hemos comentado que no basta con visualizar una sola vez y ya está. Hay que repetir la secuencia varias veces. Lo ideal es que esta reiteración se haga por lo menos durante tres días seguidos. Si seguimos todos estos pasos, estaremos realizando una visualización creativa.

Decíamos que debemos programar hasta tres imágenes para el proceso visualizador. La primera de ellas es aquella que no nos hace sentir bien, esto es, la situación con la que estamos disconformes. En el caso que referíamos anteriormente, podemos imaginar que estamos junto a la persona que nos atrae pero ninguno de los dos se mira o habla.

La segunda imagen a visualizar será aquella que haga referencia al proceso ideal para que las cosas cambien. Por ejemplo, podríamos vernos junto a la persona mencionada pero hablando amigablemente.

Finalmente, la tercera imagen estará relacionada con el resultado final, con lo que pretendemos que ocurra. Un ejemplo sería que la otra persona nos coge la mano o incluso nos besa.

Estas tres imágenes son las que debemos repetir en la mente durante todas las sesiones de visualización. Pero para que estén en la mente de forma adecuada, primero nos habremos entrenado con ellas y habremos recreado lo más detalladamente posible la secuencia.

Cuando tenemos el objetivo y la secuencia bien definida, sólo queda pasar a la acción. Procederemos de la siguiente forma:

1. Comenzaremos por sentarnos o tumbarnos cómodamente, recurriendo a la música si así lo consideramos oportuno para alcanzar un mayor grado de relax.

2. En un primer estadio no debemos preocuparnos por lo que nos ha llevado a realizar el trabajo, debemos dejar que la mente se entretenga y se disperse tanto como quiera. Pensemos que cuanto más intentemos reprimir el pensamiento, menos concentrados estaremos.

3. Dedicaremos los cinco primeros minutos a «perdernos en divagaciones». Pasado este tiempo centraremos toda la atención en el entrecejo, lugar donde realizaremos nuestras proyecciones.

4. Comenzaremos visualizando un punto de luz (de un color que sea agradable) y dejaremos que crezca en el interior de la mente. Cuando haya ocupado toda nuestra pantalla mental, procederemos a recrear las imágenes que tenemos programadas.

5. Cuando hayamos visualizado todas las imágenes al menos un par de minutos, daremos por concluida la sesión hasta el día siguiente.

Aunque los datos referidos pueden ser de gran ayuda para empezar a visualizar, lo mejor siempre es tomárselo con calma. Realizar algunas prácticas previas nos vendrá muy bien. Por ejemplo, unos días antes de realizar la visualización propuesta, podemos pensar en aquello que deseamos lograr, de esta forma estaremos creando un esquema mental óptimo para el experimento definitivo.

Si lo que tenemos son problemas de concentración, podemos practicar el centrado de la atención fijando la mirada en figuras geométricas. Repasaremos sus contornos y, tras observarlas un tiempo prudencial, cerraremos los ojos para recordarlas. Una vez las recordemos perfectamente, podemos jugar con las imágenes en la mente. Por supuesto, las técnicas de relajación que hemos descrito con anterioridad también resultarán muy útiles.

Debemos saber que las limitaciones a la visualización las ponen los individuos mismos. Todo puede imaginarse, no hay límites, aunque debemos ser moderados en las prácticas y no permitir que nos obsesionen. Si tras una visualización las cosas no han cambiado o no hemos percibido modificación alguna, no debemos preocuparnos más de la cuenta, quizá lo que ha fallado ha sido el sistema de trabajo en la visualización. Lo importante para poder visualizar de una forma correcta es que sigamos unas cuantas normas básicas. La mayoría de ellas nos servirán también a posteriori, cuando entremos a conciencia en los rituales mágicos.

1. Debemos realizar las visualizaciones sólo cuando tengamos un estado de receptividad adecuado y nuestro equilibrio emocional sea óptimo.
2. Visualizar justo antes de dormir nos ayudará a concentrarnos, a relajarnos y a proyectar durante el sueño aque-

llo que hemos visto en la mente cuando todavía no dormíamos.

3. Una música evocadora puede ayudarnos a imaginar mejor ciertas situaciones.

4. A la hora de realizar los ejercicios de visualización, sería recomendable recurrir a unos auriculares que emitan una melodía seleccionada que nos ayude en la concentración y proyección.

5. La oscuridad evita la dispersión, siempre que visualicemos debemos hacerlo a oscuras, de esta manera los impulsos lumínicos no nos distraerán.

El entrenamiento de la mente y su creatividad nos permitirán mejorar nuestras capacidades de visualización y con ellas mejoraremos también los resultados en nuestras prácticas mágicas. Destacamos como entrenamiento algunos ejercicios que consideramos que pueden ser de gran interés y ayuda. Estos ejercicios nos permitirán una mayor fluidez en la visualización creativa.

• Imaginaremos un triángulo en la mente y haremos que dé vueltas sobre sí mismo. Cuando haya terminado de dar vueltas lo pintaremos de varios colores.

• Imaginaremos una maceta en la que poco a poco crece un tronco, acto seguido unas hojas y algunos frutos.

• Imaginaremos un recorrido por el interior de nuestra casa, como si entrásemos por la puerta de la calle. Pasaremos por todas las habitaciones manteniendo un orden lógico de distribución.

VISUALIZACIONES MÁGICAS

PARA LOGRAR ARMONÍA Y PAZ INTERIOR

Tomaremos un pañuelo de cabeza en nuestras manos y nos relajaremos con la respiración. Seguidamente, visualizaremos una cálida puesta de sol, percibiendo incluso la temperatura del ambiente y el confort del momento.

Cuando veamos todo el conjunto bien visualizado y con perfecta nitidez, generaremos la intención de que aquella energía se desplaza desde nuestra mente hasta las manos, llegando al pañuelo.

Pasados unos minutos nos colocaremos el pañuelo anudándolo a la cabeza, tomando conciencia que con dicha acción lograremos serenidad y paz de espíritu.

PARA SUPERAR UNA ADVERSIDAD

Si hemos tenido un disgusto o nos encontramos en un estado de desconsuelo, tomaremos un anillo o una pulsera en nuestras manos. Nos relajaremos y procederemos con la visualización.

En este caso será ideal visualizar un punto de energía de color naranja que emerge y crece en el interior de la mente. Ello nos dará vitalidad y energía. Pero para que la vitalidad sea todavía mayor, vamos a darle el poder al anillo. Esto lo lograremos centrando una emisión energética que vaya desde la mente a la mano donde tenemos el anillo o la pulsera.

CONTRA LAS MALAS VIBRACIONES

Si deseamos protegernos contra el mal o el odio de los demás, o bien de la negatividad que puede generar un enemigo o una persona que nos quiere mal, debemos colocar frente a nosotros una vela de color negro. La encenderemos con una cerilla de madera y permaneceremos mirándola durante dos o tres minutos, concentrándonos en la llama.

A continuación visualizaremos el rostro del enemigo. Lo envolveremos con un halo de luz oscura, concentrándonos en la idea de que cuanto más se oscurece la imagen, menor poder tiene esa persona sobre nosotros.

Cuando hayamos cubierto totalmente la imagen, abriremos los ojos y centraremos toda esa energía en nuestra boca. Acto seguido tomaremos aire y soplaremos la vela pensando que al tiempo que la apagamos se apaga el poder negativo que se cernía sobre nosotros.

PARA LOGRAR UN MAYOR ENTENDIMIENTO

Si queremos potenciar las relaciones con los demás, debemos visualizar un encuentro festivo en el que participan aquellas personas con las que tenemos relaciones un tanto conflictivas o distantes.

Podemos complementar este ejercicio tomando en nuestras manos una botella de perfume personal. Cuando hayamos concluido la visualización, nos concentraremos en que toda la energía generada en la mente pase a la botella del aroma, impregnándolo con nuestro poder. Pasados unos cinco minutos la botella «encantada» estará preparada para su uso, cuando lo deseemos podemos ponernos unas gotas de la esencia o del perfume y salir al encuentro con nuestros amigos.

DEL CARROMATO A LA CASA O AL TEMPLO

La magia de los gitanos estaba allí donde ellos instalaban sus carromatos. El monte, la pradera, un espacio junto a un río o un lago. Cualquier espacio que reuniese una serie de condiciones óptimas era el adecuado para asentar un poblado. El asentamiento no era en absoluto una parada de carros sin orden ni concierto.

La disposición de las carretas ya tenía de por sí un cierto rito. Pero quizá el hecho más destacable era cuando se prendía la hoguera. El fuego sagrado del campamento marcaba un antes y un después. Simbolizaba la creación de un espacio que desde aquel momento comenzaba a ser sagrado. Un fuego que como en otras épocas pretéritas indicaba el vínculo, la protección y el clan.

Si el asentamiento de un poblado era importante, no revestía menor importancia la carreta. El carro o carromato es la vida del gitano. En él duerme, ama, vive y lleva toda su vida. Pero no es una vida interior protegida en torno a cuatro paredes, sino una existencia abierta, eso sí, al abrigo del clan. De todas formas, pese al aperturismo, el gitano guardará en su carro aquellos secretos que no desea compartir, haciendo de este lugar un reducto mágico y sagrado.

Centrándonos en el tema mágico, sabemos que la magia de las gitanas podía estar en cualquier lugar. Casi todos los momentos eran buenos o propicios para lanzar un conjuro tras escupir al suelo. En cualquier instante la hechicera podía retirarse a un claro de bosque, a un rincón del río y hacer desde aquel lugar la más potente de las magias. Pero, pese a todo, los secretos mejor guardados estaban en el carromato.

El carromato es, pues, lo que el templo al mago, aspecto en el que nos centraremos a continuación. El templo puede ser casi cualquier recinto en el que guardemos un cierto orden y un respeto máximo por lo que hay en su interior. El templo del mago moderno del siglo XXI puede ser una estancia de su casa, una estancia privada que pueda ser cerrada con llave y aislada del mundo exterior.

El lector que lo desee puede preparar cualquiera de sus habitaciones como templo. Precisará poner en ella algunos elementos de culto y poca cosa más, aunque debe saber que el templo, el verdadero, está en nuestro interior. A grandes rasgos, distinguiremos los siguientes tipos de templos: un templo en la cabeza, otro en el corazón y un tercero en el cuerpo.

El templo de la cabeza es aquel recinto que sólo el mago conoce. Es verdaderamente secreto, puesto que está en su mente. Es un templo figurativo donde el seguidor de las artes mágicas practica sus sortilegios, sus trabajos, sus rituales. Es secreto e individual porque sólo su creador, es decir, quien lo ha imaginado, está en condiciones de entrar en él. Es pues, el lugar de abstracción y de concentración.

El segundo templo, el del corazón, es el sentido. Dicho de otro modo, dado que el mago debe sentir y querer aquello que hace, allí donde se encuentre para operar debe estar la fuerza de su energía y, por tanto, la de su corazón. Según ello, el mago que no es capaz de canalizar su energía en cualquier lugar, no es un buen mago. Este segundo templo es invisible y forma parte de las emociones.

Finalmente, el tercer templo, donde realmente ya podemos ver y tocar todos o casi todos los objetos mágicos, será el denominado «templo del cuerpo», esto es, un lugar físico.

CREANDO NUESTRO PROPIO TEMPLO

Cada persona debe tener total libertad a la hora de realizar el diseño del templo, sabiendo que ante todo debe ser un lugar operativo. Hay quien preferirá recurrir a una sala diáfana y quien, por el contrario, se decantará por un lugar más recargado, incluso oscuro y lúgubre. Lo importante es que en el templo fluyan las energías con libertad y para ello, debe estar bien ventilado y armonizado con su poseedor. Al margen de estas indicaciones aconsejamos al lector disponer en su templo mágico de los siguientes elementos:

- Armario en el que albergar todos los elementos de uso mágico y sus complementos como velas, esencias, perfumes, inciensos, músicas evocativas, etc.
- Estanterías que deberían ser paralelas a la zona donde se encuentra el altar. En ellas podemos colocar determinados ídolos que nos ayuden energéticamente en las invocaciones.
- Zona de reposo y de meditación que puede estar compuesta por una silla o un sillón e incluso podemos colocar en ella una colchoneta para determinado tipo de meditaciones, ejercicios, etc.
- En la zona de reposo será donde el mago tomará nota de sus proyectos y será el lugar en el que meditará sobre los rituales que desea emprender.
- Zona de oficio que deberá estar compuesta por un altar. El altar puede ser una mesa alargada o redonda que será el lugar sobre el que deberá trabajar el mago.
- Sobre el altar es donde el mago depositará todos los elementos que debe emplear para el ritual, pero también sería interesante que siempre tuviera un incensario, un recipiente de barro en el que depositar hojas, plantas o raíces y esencias, así como un pequeño caldero en el que posiblemente deberá efectuar alguna hoguera.

Con elementos como los descritos, el templo estará perfectamente preparado para trabajar. Puede que sea necesario incorporar algún elemento más, pero esto lo indicarán los diferentes rituales y el tiempo de práctica.

SELECCIÓN DE RITUALES

Entramos de lleno en los rituales y ceremonias inscritos dentro del arte mágico gitano. El ritual es la escenificación, la dramatización de aquello que se desea. Así, mientras que en la visualización el operador generalmente no se mueve ni invoca, ni tampoco utiliza elementos complementarios para sus acciones mágicas, en el rito se rodea de diferentes ingredientes a los que les entrega su fuerza y energía.

El rito es un acto litúrgico. Evidentemente, todo puede ritualizarse, incluso cuando en el capítulo siguiente veamos la forma de confeccionar un amuleto, nos daremos cuenta de que su elaboración pasa por el ritual. Sin embargo, en las prácticas siguientes, la magia es expansiva y más perpetua, no dependiendo exclusivamente de ningún utensilio mágico.

PARA ELIMINAR LAS MALAS VIBRACIONES EN EL HOGAR

El dicho afirma que *«un campamento oscuro es un lugar peligroso»*. La casa es como el campamento, aunque también puede compararse con el carromato. En el hogar hay un cúmulo energético provocado por las vibraciones de todos los que viven en él, más aquellas emanaciones que dejan los que nos visitan.

Las señales de que está pasando algo negativo en la casa suelen ser bastante claras: mal humor, dolores de cabeza, tensiones innecesarias e incluso útiles y electrodomésticos que se averían de forma inexplicable. Pero una mala vibración no implica que nos estén haciendo mal de ojo, aunque puede suponerlo. En cualquier caso, vamos a eliminarlo de forma bastante rápida.

INGREDIENTES

- Una vela de color negro, otra blanca y una tercera del color favorito del oficiante.
- Una pandereta, pandero o pequeño tambor con el que poder efectuar sonidos vibracionales.
- Una prenda, a ser posible usada, de cada uno de los habitantes de la casa.
- Un puñado de sal marina.

PROCEDIMIENTO

Antes de efectuar el ritual observaremos si en algún lugar de la casa la energía es negativa. Puede que en el salón notemos paz y en cambio en un dormitorio la vibración nos parezca anómala. Esto es importante, pues el ritual de purificación debe comenzar siempre por la estancia que pueda estar más perjudicada. Si no percibimos ninguna anomalía, debemos comenzar la práctica por la habitación en la que hemos ubicado el templo. Después pasaremos al resto de estancias, ritualizándolas una por una.

1. Abriremos todas las ventanas del hogar, por lo menos durante treinta minutos, dejando que corra el aire. Cuanta más corriente de aire logremos, mucho mejor.

2. En el altar trazaremos un triángulo con la sal, al tiempo que visualizamos que la zona de su interior es pura, limpia y sagrada.
3. En el interior del triángulo, coincidiendo con cada uno de sus ángulos, colocaremos una vela. La de color personal en representación del operador irá en el vértice superior; la negra como muestra de la negatividad, abajo a la izquierda y la blanca abajo a la derecha manifestando el bien. Añadiremos las prendas de los miembros de la familia y colocaremos sobre ellas el tambor o la pandereta.
4. Una vez hayamos prendido las velas con una cerilla de madera, reflexionaremos pensando que su encendido es para proteger la energía de los miembros de la casa, energía que se condensará en el pandero o tambor.
5. Pasados unos treinta minutos, tomaremos el instrumento musical pensando que cuando suene, su vibración eliminará la negatividad de los recintos en los que esté. Acto seguido, haremos sonar el instrumento musical al tiempo que damos varias vueltas sobre nosotros mismos. Efectuaremos esta acción en todas las habitaciones de la casa. Dejaremos que las velas se consuman hasta el final.

PARA CONTRARRESTAR LOS EFECTOS DE UNA DISCUSIÓN

La negatividad no sólo puede venir del exterior, también una pelea o una discusión en la casa puede crear desarmonía. Por una vez no ocurre nada pero cuando los hechos se suceden y no se purifica el ambiente, podemos tener problemas a largo plazo. El siguiente ritual no solucionará los problemas que hemos tenido al discutir, ya sea con un amigo, pareja o familiar, pero sí que servirá para limpiar el recinto en el que habitamos.

INGREDIENTES

- Un cuenco de barro en el que hayamos cocinado por lo menos una vez. Si es de uso frecuente, mucho mejor.
- Un puñado de laurel, otro de espliego, de romero, otro de lavanda y un último de hierba luisa.
- Una llave, preferentemente vieja.

PROCEDIMIENTO

Debemos realizar este ritual iniciándolo en la habitación que denominamos templo y concluyéndolo en aquella en que se ha producido la discusión.

En el templo, sobre el altar, pondremos la olla de barro, situando todas las hierbas que vamos a usar alrededor suyo. Al tiempo que sostenemos la llave entre las manos, entraremos en relajación y visualizaremos nuestra energía positiva dirigiéndose hacia la llave. Tras unos minutos, pondremos la llave en el interior de la olla; luego iremos depositando uno a uno todos los tipos de hierbas al tiempo que repetimos mentalmente «*fuerza, armonía y positividad*». Después procederemos de la siguiente forma:

1. Tomaremos la olla con las manos y la alzaremos por encima de nuestra cabeza al tiempo que invocamos con fuerza y en voz alta: «*En este recipiente están las hierbas de la armonía y la paz, y con ellas la llave que puede abrir los caminos a la conciliación. Invoco a las entidades protectoras para que purifiquen estos elementos y les den fuerza para el cometido que han sido preparados*».
2. Nos dirigiremos al lugar donde se ha producido la discusión. Pondremos la olla en el suelo, y, regándola con un poco de alcohol de quemar, la prenderemos. Observaremos las llamas cuando empiecen a crecer, a la vez que pensamos que están purificando el ambiente.

3. Mientras el fuego está encendido, diremos en voz alta: «*Éste es el fuego que purifica y que une, que limpia y elimina la adversidad. Que esta olla que en su tiempo tuvo en su interior los alimentos del amor, ayude para que la reconciliación se produzca. Que la llave que ahora se calienta sea la fuerza para encontrar un punto de paz*».

4. Cuando se apague el fuego, alzaremos la olla ayudándonos de un trapo de cocina para no quemarnos y, mientras humea, nos desplazaremos con ella por toda la habitación.

5. En el momento que se apague la brasa, recogeremos la llave y la colgaremos en una pared de la habitación purificada o la situaremos bajo uno de los sillones en los que pueda sentarse una de las personas que ha discutido.

PARA APACIGUAR LOS AMBIENTES ENRARECIDOS

Muchas veces llegamos a una casa y notamos que el ambiente es extraño. No sabemos dar una explicación pero sabemos que algo ha pasado. Puede que ello ocurra en nuestra casa, quizá ha venido una visita y nos ha dejado un rastro psíquico negativo provocado por un enfado o un disgusto que llevaba consigo. Los gitanos eran muy prudentes a la hora de permitir la entrada de alguien en su campamento, y mucho más en su carromato. Nosotros deberíamos hacer lo mismo, pero cuando la persona ya está en casa, hay que contrarrestar los efectos de inmediato.

INGREDIENTES

• Una escoba cuyo cepillo sea preferentemente de ramas de árbol. Si no es posible, debemos recoger unas ramitas secas de romero y utilizarlas como escoba.

- Una vela de color blanco que debemos uncir con miel pura de abeja.

PROCEDIMIENTO

Como en tantos otros casos, en cuanto notemos que el ambiente está enrarecido, debemos abrir puertas y ventanas para ventilar. Después purificaremos las estancias con un poco de aroma de lila, o en su defecto, con un incienso que huela a jazmín. Acto seguido, debemos barrer bien la estancia y a ser posible toda la casa, comenzando siempre desde la habitación más lejana y en dirección a la puerta de la calle. Para ello, seguiremos este proceso:

1. Prenderemos la vela uncida con miel y la situaremos en el recibidor de la casa, pensando que desde ese lugar nos protege, da luz y genera armonía.
2. Nos concentraremos en alejar el mal. Acto seguido escupiremos tres veces sobre la zona que une el cepillo con el palo de la escoba. Si hemos tenido que recurrir a unas ramas de romero, escupiremos en la zona intermedia.
3. Cada vez que escupamos diremos: *«Limpio y purifico, yo te alejo, mal inmundo».*
4. A continuación, comenzando por la habitación más alejada de la puerta de entrada a la casa, barreremos todo el suelo, pasando la escoba por él en dirección a la puerta de la estancia. A cada nuevo cepillado diremos: *«Alejo el mal y lo negativo».*

Cuando no podamos aplicar este remedio con discreción y resulte imposible barrer la casa en presencia de otras personas, nos retiraremos al templo. Colocaremos la escoba, la miel y la vela sobre el altar y nos concentraremos en alejar el mal y la perturbación.

Pasados unos minutos escupiremos tres veces sobre la escoba diciendo cada vez: «*Limpio y purifico. Yo te alejo mal inmundo*». Acto seguido, unciremos la vela con miel, siendo generosos en su aplicación, ya que la miel tiende a endulzar las situaciones que son adversas. Prenderemos la vela con una cerilla de madera, la levantaremos a la altura de los ojos y diremos: «*Ésta es la luz y éste el camino*». Por último, pasaremos la vela por encima de la escoba o cepillo de ramas al tiempo que trazamos tres círculos en sentido contrario a las agujas del reloj.

Realizado el proceso, dejaremos que la vela situada sobre el altar se consuma hasta el final. Por lo que se refiere al cepillo, lo colocaremos discretamente en la estancia que está perturbada.

PARA COMPRAR, VENDER O ALQUILAR UNA CASA

Dicen, y no sin falta de acierto, que el mercado inmobiliario es complejo. Pero muchas veces, aunque tenemos un buen precio ante nosotros, resulta imposible comprar aquella casa que deseamos. De igual forma, cuando parecía que ya estaba todo listo, aquel apartamento que estábamos a punto de alquilar pasa a manos de alguien que se nos adelanta.

La vivienda era algo muy importante para el pueblo gitano. Ellos no disponían de asentamientos fijos en los que vivir, pero cuando precisaban un carromato nuevo, una tienda o un lugar en el que cobijarse, no dudaban en recurrir a la magia. El ritual que efectuaremos a continuación resulta tan sencillo como eficaz para comprar, vender o alquilar.

INGREDIENTES

- Tres caracoles vivos que debemos guardar en una cajita de mimbre cuadrada o rectangular, no redonda.

- Un puñado de tierra de bosque o de jardín y cuatro piedras al gusto del oficiante, pero que hayan sido recogidas en la misma zona que la tierra.
- Una pieza de oro o en su defecto varios billetes de curso legal.

PROCEDIMIENTO

Ya hemos visto en otro apartado que el caracol representa la vivienda, por tanto, recurrimos a ellos como elementos perfectos para un ritual que tiene relación con la casa.

Lo primero que debemos hacer sobre el altar es colocar cada una de las cuatro piedras en sintonía con los cuatro puntos cardinales. Uniendo todas las piedras en forma de rombo, colocaremos la tierra en representación del suelo donde se asienta la casa. Sobre esta base situaremos los tres caracoles, dejándolos que se muevan libremente pero sin salir del rombo. Después efectuaremos estos pasos:

1. Nos concentraremos pensando que los caracoles son la energía de la vivienda y que nos ayudarán a lograr aquello que deseamos. Pasados unos minutos invocaremos en voz alta: *«Pido a las fuerzas y potencias del destino, a la madre tierra aquí representada y a sus representantes los caracoles, que me ayuden a lograr...* (indicaremos los objetivos: vender, comprar o alquilar la casa*)».*
2. Introduciremos la pieza de oro o los billetes en la cajita y diremos: *«Éstos son los bienes. Éste el poder».* Después añadiremos a la caja los tres caracoles, al incorporar cada uno de ellos diremos: *«Éste es mi destino. Ésta mi fuerza».*
3. Tras guardar los caracoles en la cajita, no debemos volver a abrirla hasta llegar a la casa de destino.

Una vez finalizadas las invocaciones anteriores, el ritual habrá concluido. Debemos llevar los caracoles con nosotros cuando vayamos a visitar la casa que deseamos comprar o adquirir. Una vez allí, con cualquier excusa, iremos al baño y dejaremos que los caracoles se desplacen libremente por el suelo para que dejen en él nuestros deseos. Pasados unos minutos los guardaremos de nuevo. Si se trata de vender nuestra casa, antes de que llegue el comprador, haremos que los caracoles se desplacen por todas las habitaciones y dejaremos la cajita en el lugar que tengamos previsto hablar con el comprador.

PARA PROPICIAR UN BUEN EMBARAZO Y UN MEJOR PARTO

La familia siempre ha sido muy importante para el pueblo gitano y la descendencia no podía ser menos. Son muchas las supersticiones y miedos que encontramos en torno a los niños y los embarazos. Peligros de mal de ojo, maldiciones, deformaciones, partos complicados, etc. pueden mitigarse con un poco de magia, digamos, paciente, ya que debemos repetirla por lo menos durante los cinco primeros meses de gestación. Eso sí, debemos contar con el beneplácito y la colaboración de la madre.

INGREDIENTES

1. Una prenda usada de ropa interior de la madre o futura gestante, así como un mechón de su cabello.
2. Azúcar moreno y miel.

PROCEDIMIENTO

Como vemos, los materiales que necesitamos son bienes escasos. Ello se debe a que la magia resulta muy simple, aunque no por ello menos efectiva.

Para realizar este rito, la futura madre debe tener la precaución, después de realizar el acto sexual que supuestamente la dejará embarazada, de ponerse inmediatamente y llevar durante toda la noche su prenda de ropa interior. A partir del día siguiente la guardará hasta que se confirme su estado de buena esperanza. Deberá pues guardar tantas piezas como encuentros amatorios efectúe. Para un mayor control, puede albergarlas en una bolsa de plástico sobre la que anotará la fecha.

Cuando se haya producido la concepción, será momento de llevar a cabo un ritual que tiene por objetivo proteger el estado emocional y psíquico de la futura madre y del bebé.

1. En un tarro metálico se introducirá la miel con el azúcar moreno y el mechón de cabellos. Se removerá bien con la ayuda de una cucharilla o con una espátula de madera.

2. La madre deberá mantener un estado óptimo de relajación, llevando a su mente imágenes que le procuren placer y distensión. Cuando hayan pasado unos cinco minutos de relajación, procederá a concentrarse en su vientre, en la energía que alberga en el interior y que dentro de un tiempo se convertirá en un ser humano.

3. A continuación, la gestante o una persona de su confianza –lo ideal es que sea su pareja–, humedecerá un trozo o toda la prenda íntima sumergiéndola en el tarro que contiene la miel y el azúcar. Lo retendrá unos instantes pensando que va a realizar una acción de purificación y armonización no sólo del vientre de la gestante, sino también de la criatura que hay en su interior.

4. Con suma delicadeza, humedecerá el vientre, comenzando por la zona del ombligo y, trazando desde él una espiral, recorrerá toda la piel al tiempo que se invoca en voz alta: *«Con esta acción te protejo de todo mal. Con este acto te doy la fuerza. Con este gesto ahuyento de tu alma los espíritus de lo negativo».*

Este sencillo acto debe realizarse por lo menos una vez al mes mientras dure la gestación y, a ser posible, cuando la luna esté en fase creciente. No debemos lavar la prenda que nos sirve para aplicar el ungüento hasta que haya nacido el niño.

RITUAL PARA EL COCHE

Ciertamente, hemos sustituido a los animales de tracción, como el caballo o el mulo, por los coches. Ellos son los que nos ofrecen la posibilidad de llegar a todas partes y es justo que los cuidemos casi tanto o más como hacían los gitanos con sus caballos. Con sólo buscar un poco podemos darnos cuenta de la gran cantidad de rituales que encontraremos para proteger de todo tipo de desgracias no sólo el coche, sino también a sus ocupantes. En este caso nos vamos a decantar por un baño ritual del coche que le generará una capa protectora.

INGREDIENTES

- Un trozo de tela vieja para humedecer con agua pero que sea apropiada para que podamos lavar con ella el coche.
- Cuatro velas, dos verdes y dos blancas. En las cuatro escribiremos el nombre y apellido del conductor.
- Agua de lluvia, a ser posible recogida durante la noche, o en su defecto, agua natural de manantial o de río.
- Una herradura que haya sido usada.

PROCEDIMIENTO

Para realizar este ritual debemos recurrir nuevamente al templo, lugar donde efectuaremos todas las preparaciones necesarias antes de lavar el coche con el agua que habremos cargado mágicamente.

1. Comenzaremos por situar sobre el altar el recipiente que contiene el agua de lluvia. Colocaremos la herradura en su interior.
2. Situaremos las cuatro velas en consonancia con los cuatro puntos cardinales, de manera que las dos verdes estén al norte y al sur respectivamente. Por tanto, las blancas irán al este y oeste. Prenderemos las velas con cerillas de madera y nos concentraremos en dar energía a todo el conjunto, recurriendo para ello a la visualización y con el objetivo de crear agua protectora para el coche.
3. Permaneceremos junto al conjunto durante unos minutos, reflexionando sobre la acción que desempeñaremos después: lavar el coche. Dejaremos que las velas se consuman hasta el final y daremos por concluida la preparación del ritual.

Al día siguiente, lavaremos el coche utilizando para ello el agua de lluvia que tenemos ritualizada. Es importante que mientras pasamos el paño lo hagamos con la conciencia de que, además de limpiar, estamos protegiendo el coche y la vida de sus ocupantes; no en vano hemos incluido en el ritual el nombre del conductor escrito en las velas.

Cuando acabemos la limpieza no debemos secar el automóvil, sino dejar que se seque al aire. Por lo que se refiere a la herradura y a los restos de cera del ritual, podemos guardarlos en una pequeña bolsa de fieltro que llevaremos siempre en el coche, ya sea colgando del techo o en la guantera.

Este ritual se repetirá por lo menos un par de veces al mes y siempre que tenga que hacer un viaje largo. Para los nuevos rituales deberá emplear la misma herradura que la primera vez.

AMULETOS
Y TALISMANES

Un amuleto es un objeto que ha sido preparado con fines mágicos para ofrecernos su ayuda. Casi cualquier objeto puede ser un
amuleto: una pata de conejo, un llavero, un trozo de metal, una
joya e incluso una moneda. Lo importante es que el amuleto esté
personalizado y que cuando se confeccione, se tenga en cuenta
el nombre y la fecha de nacimiento de la persona para quien se
fabrica. Otro aspecto a destacar es que el amuleto, siempre que
sea posible, debe estar en contacto o muy cerca de su poseedor.

En cuanto al talismán, su nombre indica «fuerza a distancia».
Hay muchos tipos de talismanes, los más clásicos son las bolsi-
tas preparadas y determinadas figurillas a las que se les ha dado
el soplo de lo mágico mediante un ritual.

Los gitanos tenían por costumbre elaborar numerosos preparados que bien pueden tener el carácter de amuleto o talismán.
La mayor parte de ellos eran objetos cotidianos que cuidaban y
protegían de forma especial. Y aunque estos objetos suelen care-
cer de vida, los gitanos llegaban incluso a convertir un caballo
en un amuleto viviente. Para ello se le inscribían determinados
signos en el lomo o incluso se le trenzaba la cola de manera que

incorporase en ella esencias y otros elementos que previamente habían sido consagrados en ceremonia ritual.

Tal vez los amuletos más usados eran los pañuelos. Ya hemos comentado en otro apartado. que servían prácticamente para todo. Por ejemplo, un anillo que fuera anudado con el pañuelo de una mujer podía ser el talismán perfecto para la seducción.

Otros elementos también muy usados eran las piedras del camino. Un amuleto clásico era el confeccionado con una piedra por la que hubiesen pasado por encima las ruedas del carromato. Esta piedra era lavada, hervida en la olla adecuada, llevada encima al menos siete días, ungida con sangre menstrual y, después, se escribía en ella un nombre secreto. Tras esta operación se transformaba en una piedra del amor y la seducción, en un guijarro de la pasión al que recurrían las gitanas para enamorar.

Las piedras semipreciosas o preciosas han tenido mucho protagonismo en la magia gitana, ya que casi todas ellas tenían una aplicación. Algunas de las más importantes son: el ágata, de la que se decía que portada sobre el pecho otorgaba amor; el ámbar, muy apreciado en casi todas las tribus, tenía la propiedad de otorgar suerte y fortuna, y una leyenda afirma que levantando el ámbar con las manos en noche de luna llena es posible ver el rostro del amor. El azabache era otra de las piedras ideales para hallar el amor, y no podemos olvidar el berilo, muy recomendado para resucitar la pasión.

BOLSA MÁGICA CONTRA LOS ENCANTAMIENTOS

El encantamiento puede ser positivo o negativo. Normalmente se dice que un encantamiento es un peligro, dado que la persona que lo padece sufrirá todo tipo de vejaciones. No siempre ocurre así, ya que el encantamiento puede servir para tener más suerte, para hallar el amor o para dejarse seducir.

De todas formas, como parece que el encantamiento esté más vinculado a la falta de voluntad que a cualquier otra cosa, veremos a continuación una sencilla receta que nos ayudará a luchar no sólo contra el encantamiento, sino también contra las energías negativas que puedan estar cerca.

INGREDIENTES

- Una bolsa de saco o de terciopelo que no sea porosa, de dimensiones reducidas y que pueda cerrarse con facilidad.
- Una piedra de río, pues estará en sintonía con las emociones.
- Una mezcla de hierbas y especias: cilantro, canela, menta, albahaca y perejil.
- Un papel morado en el que escribir nombre, dos apellidos y fecha de nacimiento de la persona a quien va dirigida la bolsa.

PREPARACIÓN

Lo ideal será empezar a trabajar cuando la fase de la luna esté en creciente, pues así lograremos darle una fuerza superior al ritual. Una vez dispongamos de todos los elementos sobre el altar, debemos contar además con la presencia de dos velas blancas que encenderemos con cerillas de madera. Estas velas deben arder durante toda la ceremonia de confección de la bolsa.

1. Comenzaremos por escribir en el papel los datos de la persona a quien va destinada la bolsa. Una vez escritos, cubriremos su nombre con cera de las velas inclinándolas ligeramente para que goteen sobre el papel.
2. Envolveremos la piedra con el papel y lo meteremos todo en la bolsa que luego daremos a su portador.
3. Trituraremos y mezclaremos bien todas las especias y las introduciremos en la bolsa al tiempo que proclamamos en voz alta: «*Estas hierbas tienen la gloria y el poder de pro-*

teger a... (nombre) de todo mal, de toda adversidad y de encantamientos que puedan perjudicarle».

4. Con todo esto realizado, cerraremos la bolsa y la pasaremos sobre el calor de la llama de las dos velas para que pueda impregnarse de la esencia purificadora del fuego.
5. Al finalizar el proceso anterior, entraremos en relajación y visualizaremos el nombre o el rostro de la persona en nuestra pantalla mental. Debemos verlo rodeado por un halo de color dorado, signo de la protección.

El momento de la visualización es el más adecuado para otorgarle una carga adicional al preparado. Por ejemplo, si queremos hacerlo contra el mal de ojo o los enemigos, es el momento de pensar en ello. Tras la invocación final, podremos entregar la bolsa a la persona para quien ha sido confeccionada.

TALISMÁN PROTECTOR PARA BEBÉS Y NIÑOS

Ya hemos visto en otros apartados la gran importancia que tienen los niños para los gitanos. En el caso que nos ocupa debemos preparar un talismán de cera que servirá para ahuyentar las pesadillas y la negatividad de un niño o bebé, especialmente cuando está durmiendo, uno de los momentos de mayor receptividad psíquica.

INGREDIENTES

- Un pedazo de piel de animal cortado en forma de moneda.
- Trozos de uñas y mechones de pelo del niño que deseamos proteger con el talismán, y saliva de la madre.
- Una vela de color negro y otra de color blanco en las que escribiremos el nombre de pila del niño, sin apellidos.

PROCEDIMIENTO

La confección de este talismán es fácil, aunque requiere paciencia. Deberíamos hacerlo cuando el niño tenga un mínimo de seis meses. Debemos preparar todos los elementos para el ritual en fase de luna creciente y llevar a cabo la confección del objeto en una noche de luna llena, a partir de las doce, hora solar.

1. Tomaremos la piel del animal y escribiremos en ella el nombre de pila del niño y, si lo deseamos, podemos incluir también su fecha de nacimiento. Cuando escribamos, tendremos en la mente la imagen del infante.
2. Prenderemos la vela de color negro, nos concentraremos en que tiene la misión de condensar toda la energía negativa que pueda afectar al niño. Con este pensamiento, inclinaremos la vela para que la cera caiga sobre la piel del animal, en lo que será la parte del anverso del talismán.
3. En la parte delantera del talismán, allí donde hemos escrito el nombre del niño, colocaremos los restos de sus uñas y el pelo, así como la saliva de la madre.
4. Inclinaremos la vela blanca, en la que hemos escrito el nombre del niño, para que la cera caiga sobre la superficie y los materiales allí establecidos, cubriéndolos totalmente.

Con la acción anterior el ritual estará casi concluido. Se trata de crear una pieza de dos caras (una blanca y otra negra) que queden perfectamente selladas con la ayuda de la cera.

Cuando tengamos la pieza elaborada, la tomaremos entre las manos, concentrándonos en el niño y en la acción que hemos realizado. Debemos pedir amparo y seguridad para la criatura y, para ello, nada mejor que visualizar la protección viendo al niño rodeado por un halo de color azul celeste. Tras la rogativa debemos situar la pieza al raso sobre una pieza de tela que pertenezca al niño. El hecho de colocar el talismán durante toda la noche tiene la finalidad de que se impregne de los rayos de la luna, elementos protectores de la ceremonia.

A partir del día siguiente, ya podemos disponer del talismán como deseemos. Podemos colocarlo cerca de la cunita, en el armario donde guardamos la ropa del niño o incluso colgarlo en una de las ventanas de su habitación.

TALISMÁN PROTECTOR DE ANCIANOS

Para los gitanos, los ancianos son personas a las que se les debe un gran respeto. Ellos poseen la sabiduría de la experiencia, de los años y de las tradiciones. Los ancianos son los que tienen grabadas en su memoria las frases mágicas, las leyendas antiguas de su pueblo y, cómo no, la ley.

Recordemos que el patriarca de la familia o del clan es un anciano venerado y que su palabra es prácticamente sagrada. Pese a este gran sentimiento de respeto hacia los mayores, tampoco estaban exentos de peligros y adversidades. La tradición aseguraba que si bien era muy extraño que un patriarca o anciano gitano padeciera una magia, ya que por respeto difícilmente sería víctima de ella, no estaba de más protegerles y ayudarles para que pudieran vivir sanos y felices muchos años más.

Veamos a continuación cómo preparar un talismán utilizando como materia prima una piedra que trabajaremos en ceremonia a fin de otorgarle la fuerza necesaria para la protección.

INGREDIENTES

- Un cazo o una cacerola metálica que haya sido empleada para cocinar en algún momento.
- Una piedra del bosque, oscura y cuanto más redonda, mejor.
- Tres litros de vinagre, medio kilo de sal marina, dos limones y una vela de color marrón.

PREPARACIÓN

Empezaremos con la preparación de todos los ingredientes en el templo. Para ello, situaremos el cazo sobre el altar, y junto a él encenderemos la vela marrón en representación de la persona a quien queremos proteger. Llenaremos el recipiente con el vinagre, añadiremos el zumo de los limones y cuando los tengamos exprimidos, añadiremos también la cáscara y la sal.

Al tiempo que sostenemos la piedra entre las manos diremos en voz alta el nombre del anciano a quien queremos proteger. Debemos decir su nombre acompañado de la palabra «protección», tantas veces como años tenga el anciano. Cuando terminemos de repetir su nombre pensaremos en que deseamos protegerle de todo mal y le visualizaremos vital y sonriente. Después introduciremos la piedra en el cazo.

1. Abandonaremos el recinto del templo sin apagar la vela que representa al anciano que deseamos proteger. Pondremos el recipiente a fuego lento. Debemos esperar a que el líquido comience a hervir, y estaremos presentes mientras esto sucede, pensando nuevamente en la protección del anciano.

2. Cuando empiece a hervir, procederemos a remover ligeramente el contenido de la olla, procurando que la piedra dé varias vueltas y cambie de posición.

3. Cuando se haya consumido todo el líquido, lo dejaremos enfriar. Pasaremos un paño seco por encima de la piedra que ya posee la esencia de aquellos elementos que hemos hervido en su honor. El talismán está casi finalizado, sólo nos quedará grabar en él las iniciales del nombre y apellidos del anciano y su edad. Acto seguido, podemos hacerle entrega de la piedrecilla envuelta en una tela, o colocarla en su habitación.

PROTECTOR DEL CLAN FAMILIAR

La familia es uno de los puntales más importantes de los gitanos. La ayuda y la solidaridad entre la familia genera un instinto de protección difícil de romper, por ello no es extraño que haya cantidad de métodos para proteger a la familia a través de sencillos preparados y amuletos. Veamos uno realmente singular.

INGREDIENTES

- Una prenda de ropa vieja de cada uno de los miembros de la familia que viven bajo el mismo techo.
- Una hoja de hiedra por cada persona. En las diferentes hojas escribiremos el nombre de pila de cada individuo.
- Un saquito de tela y una piedra de río por cada persona.

PROCEDIMIENTO

Debemos preparar una hoguera en la que quemaremos una prenda de ropa de cada una de las personas de la casa. Esta hoguera tiene la finalidad de limpiar y purificar todo lo negativo que haya adquirido la persona a lo largo del último año y servirá también para inmunizarle de posibles ataques psíquicos.

Aunque la elaboración de este protector puede parecer un poco compleja, seguro que en casa siempre hay alguna prenda de ropa que ya no sirve, bien porque, como sucede en el caso de los niños, se ha quedado pequeña o porque presenta algún roto. Insistimos en que la prenda de ropa debe ser usada ya que sólo así contendrá la esencia que la vincule con su poseedor. Si no disponemos de un recipiente adecuado para hacer la hoguera, como por ejemplo una barbacoa, podemos recurrir a quemar pequeños retales de cada una de las prendas de forma que ardan en varias etapas. Lo importante es que haya al menos un retal de alguna prenda de cada miembro de la familia en cada nuevo fuego.

1. Prepararemos la ropa, cortándola si fuera necesario para que pueda arder mejor. Cada vez que tengamos en las manos la ropa de un miembro diferente, recordaremos su rostro y mentalmente pediremos protección para él.
2. Encenderemos el fuego y le echaremos las prendas dejando que ardan hasta quedar convertidas en cenizas. Debemos estar presentes mientras las llamas consumen las ropas. Nuestro pensamiento debe ser armónico en el momento de concentrarnos en nuestra voluntad de limpiar y purificar mediante esta acción.
3. Cuando la hoguera finalice su combustión, recogeremos las cenizas y las guardaremos en la bolsa que teníamos preparada. Añadiremos las piedras envolviendo cada una de ellas con una hoja de hiedra, finalizando así el ritual.

Cuando tengamos la bolsa acabada y con las cenizas, las piedras y las hojas, debemos cerrarla y dejarla en un lugar de la casa donde esté visible. Hay varias zonas susceptibles de albergar la bolsa, si bien las más recomendables son el recibidor o en su defecto el salón, verdadero centro neurálgico de la casa.

Como el contenido de la bolsa ya está preparado, podemos depositar un poco de esta ceniza bajo la cama de los familiares. Haremos esto especialmente en épocas de crisis o tensiones.

AMULETO PROTECTOR PARA LOS VIAJES

La prudencia nunca es suficiente a la hora de conducir o viajar. Sólo hace falta ver las cifras estadísticas de los servicios de tráfico en los diferentes países industrializados para darnos cuenta del peligro que hay en la carretera. Ciertamente, un viaje no sólo es soportar horas de caravana y de coche. Se trata de desplazarnos sin dolencias, teniendo un tránsito agradable y sin tensiones, y de tener una llegada al destino que tampoco sea problemática.

Los gitanos tenían especial precaución antes de iniciar una ruta, y no digamos cuando la estaban recorriendo. Confiaban en sus caballos, a los que respetaban muchísimo, pero tanto antes de iniciar la ruta como al finalizar la misma, agradecían a sus dioses que todo hubiese funcionado de forma armónica y correcta.

El amuleto que nos ocupa no es especialmente vistoso, al contrario, más bien nos puede parecer un simple pedazo de algodón que ha sido humedecido, pero su virtud reside precisamente en la discreción que nos ofrece y, sobre todo, en su efectividad.

INGREDIENTES

- Entre ocho y diez capullos de rosas, preferentemente de color rojo, aunque si no encontrásemos de la misma tonalidad podemos mezclarlos con los de color rosa.
- Recurriremos a la misma cantidad de capullos de lavándula, geranios y margaritas.
- Cien gramos de benjuí, otros cien de raíz de lirio y la misma cantidad de lirios.
- Un litro de aguardiente o, en su defecto, de alcohol de quemar y algodón en abundancia.

PREPARACIÓN

Como podrá adivinar el lector, se trata de elaborar un preparado de mezcla en el que empaparemos el algodón. Lo ideal es que todos los ingredientes hayan sido recogidos por quien confecciona el amuleto, pues así la carga energética será aun mayor.

Comenzaremos el preparado dejando todas las plantas en maceración sobre la mesa o el altar. Deben permanecer allí nueve días como mínimo recibiendo la «luz mágica». En este caso, aconsejamos al lector que encienda al menos durante una hora cada día un par de velas blancas que deberá colocar a izquierda y derecha del recipiente que contiene el preparado.

1. Pasado el noveno día, entraremos en concentración pensando que el contenido en maceración que hay en el recipiente ha sido preparado para hallar la protección en los viajes y desplazamientos.
2. Cuando hayan pasado unos minutos (entre cinco y diez), procederemos a retirar las plantas empleadas, que cubriremos con un paño y escurriremos para que toda su esencia caiga en el recipiente. Acto seguido, sumergiremos el algodón en el líquido y lo dejaremos allí unos minutos. Después lo extraeremos, lo apretaremos un poco y lo dejaremos secar al sol. Al día siguiente, podremos guardar el algodón en una bolsa de viaje, que será la que nos acompañará en los desplazamientos. Además, podemos hacer otra bolsa mágica con los restos de las flores ya secadas.

TALISMÁN DE LA SEDUCCIÓN

Sin lugar a dudas, una buena táctica de seducción empieza por una mejor actitud emisora de aquello que se pretende, y por una actitud receptora adecuada de lo que nos rodea. Claro que la timidez, el rubor y el miedo al fracaso también ayudan a que las cosas no siempre salgan como sería deseable.

La magia gitana es rica en recetas de seducción, recordemos el beso en el agua del río o los trabajos con pañuelos. Pues bien, con los talismanes para la seducción ocurre lo mismo, hay casi tantos tipos como clanes de gitanos. Veremos a continuación algunos de los talismanes de fácil confección ideales para seducir.

REMEDIO DE LA MANZANA

• Asaremos una manzana al calor de una llama, preferentemente prendida en el interior de un recipiente de barro en el que quemaremos espliego.

- Cuando esté carbonizada por fuera, quitaremos la piel y la envolveremos en un pañuelo de cabeza que habremos llevado todo el día. En su defecto lo haremos con una prenda íntima.
- La pondremos sobre un papel con el nombre de la persona a quien queremos seducir y la dejaremos bajo la cama al menos cinco días.

SISTEMA DEL ANILLO

- Tomaremos un anillo, lo mojaremos con saliva, lo perfumaremos con aroma de rosas y lo enterraremos en un tiesto donde tengamos plantadas mimosas o petunias.
- Tras una semana podemos extraerlo de la tierra y llevarlo puesto cuando tengamos previsto un encuentro de seducción.

EL SELLO DE CORAZÓN

- Haremos un sello de cera con forma de corazón. Para ello necesitaremos la cera de una vela de color rojo.
- Cuando tengamos formado el corazón, escribiremos la palabra seducción y pondremos junto a ella nuestro nombre.
- Una vez enfriada la cera, la besaremos con pasión pensando que nos ayudará en nuestros encuentros amatorios.

EL NUDO SEDUCTOR

- Llevaremos durante todo el día un pañuelo atado a la cintura. Por la noche, lo humedeceremos con flujos sexuales.
- A la mañana siguiente entraremos en concentración y pensaremos en el deseo de lograr la seducción. Al tiempo que conducimos nuestros pensamientos, iremos haciendo nudos en el pañuelo. Cuando lo tengamos totalmente anudado, lo perfumaremos con esencia de rosa o de jazmín. Debemos llevarlo encima ante cualquier encuentro de seducción.

FILTROS Y PREPARADOS

Se conoce como filtro de amor toda pócima o preparado que alguien ha cocinado con un fin amatorio. La cocina posee una magia propia y las combinaciones de alimentos, aromas y texturas facilitan que se nos abra el apetito y los sentidos ante un plato determinado. De todas formas, tampoco hay que llegar a la exageración ni pensar que los filtros son magistrales recetas culinarias, aunque a veces pueda ocurrir así.

Por norma general, un filtro es un caldo, sopa, infusión o bebedizo, pero también puede funcionar un preparado que sea exclusivamente aromático, es decir, que no deba ser ingerido, sino olfateado o percibido a una cierta distancia. La magia de los aromas tiene mucha relación con todo lo mencionado. Como veremos a continuación a través de las diferentes recetas seleccionadas, los filtros demuestran que están vigentes en la actualidad.

PARA ENCONTRAR O FORTALECER
LA PAREJA

Desde luego, no es lo mismo encontrar a una persona con la que podamos compartir momentos deliciosos y amatorios, es decir, hallar una pareja, que fortalecer los vínculos que ya existen con ella. Sin embargo, muchas personas caen en el error de pensar que por tener pareja ya pueden sentarse tranquilas a disfrutar de todo ello sin mover ni un dedo. Nada más erróneo. A la pareja hay que enamorarla todos los días, hay que lograr que el interés no quede relegado pese al paso de los meses o los años.

El siguiente preparado está dirigido tanto a personas que tienen pareja como a aquellas otras que desean tenerla pero que todavía no la han encontrado. Y decimos que servirá para los dos tipos de pareja, ya que en definitiva, de lo que se trata es de atraer y enamorar. Eso sí, recordemos que la magia puede ayudarnos a dar el primer paso pero el resto del camino deberemos andarlo nosotros. Y ahí la actitud servirá de mucho.

INGREDIENTES

- Diez litros de agua en cuyo interior herviremos veinte barritas de canela y dos plantas de menta.
- Incienso o esencia de vainilla que debemos quemar a través de una lamparilla ambientadora.

PREPARACIÓN

Se tratará de darnos un baño que será perfecto para tonificar la piel, energetizar el cuerpo y la mente. Por supuesto, además nos perfumaremos con esencias naturales, lo que nos facilitará la comunicación con otras personas a las que podemos seducir o que tengan más interés hacia nosotros, sean o no pareja.

1. Herviremos los diez litros de agua en una olla, en dos sesiones si es preciso.

2. Debemos introducir en el agua las plantas de menta y las hojas de canela. Recordemos que la menta está considerada como un potente afrodisíaco y que la canela enerva las pasiones.

3. Mientras se produce el hervor, prepararemos el baño ambientándolo con el incienso o con la vaporización del aroma de vainilla.

4. Cuando ya tengamos el agua hervida la verteremos en la bañera. Es importante que no la filtremos, de forma que tanto las hojas de menta, como las ramas de canela caigan al interior de la bañera y que formen parte del baño.

5. Al tiempo que esperamos que se enfríe un poco el líquido, nos relajaremos y empezaremos a concentrarnos. Se tratará de pensar en el acto que estamos a punto de realizar y en los motivos que nos han llevado a tomar este baño. Esto nos ayudará a crear un clima adecuado y a poder efectuar las visualizaciones que sean oportunas durante el mismo.

6. Cuando sea el momento de tomar el baño, nos tumbaremos en la bañera, primero con la espalda en contacto con su base. Aprovecharemos ese instante para visualizar la entrada de energía en toda la zona del cuerpo. Después nos daremos la vuelta y volveremos a visualizar la llegada de la energía desde el otro lado.

7. Concluiremos el baño acariciándonos todo el cuerpo, tomando conciencia de él y de que ha sido preparado como una auténtica arma del amor.

PARA ENCENDER PASIONES

Volvemos a otro de los temas candentes, tanto si hay pareja estable como si no. La pasión no tiene nada que ver con la estabilidad emocional, aunque es verdad que cuando una pareja se encuentra desestabilizada afectivamente hablando, suele haber poco tiempo para la pasión y menos para la comunicación.

Dicen los expertos que la pasión es como la brasa de un fuego ya apagado, que sólo necesita un poco de combustible para prenderse y calentar de nuevo. Ciertamente, cuando el desinterés se ceba en la pareja, la pasión desaparece, pero afortunadamente siempre nos queda un resquicio para probar a encontrar esa nueva llama con la magia.

El ritual que veremos seguidamente, aunque no sea la preparación de un afrodisíaco, será de gran ayuda para avivar las pasiones, eso siempre y cuando además de la magia seamos capaces de poner en marcha un poco de nuestro encanto personal, mucho convencimiento y toda la imaginación que nos sea posible.

INGREDIENTES

- Dos velas de miel de las que ya encontramos preparadas en los establecimientos especializados o, en su defecto, una vela blanca que cubriremos con miel.
- Una vela roja, signo de la pasión, la fuerza y la vitalidad sexual.
- Una cuerda de esparto o de tejido natural y un trozo de tela de raso de color rojo.

PROCEDIMIENTO

Antes de comenzar el ritual es conveniente evaluar cuál es la situación de la pareja, si pasan por un momento de apatía que podemos considerar transitorio o si las cosas están realmente mal.

Si no hay pareja y se pretende avivar una pasión con desconocidos, dejaremos que sea el destino quien guíe nuestra magia.

1. Tomaremos una vela de miel o ya endulzada y le escribiremos el nombre de la persona que representará nuestra pareja. Si no disponemos del nombre pondremos Él o Ella según el caso. Después haremos lo propio con la otra vela escribiendo en ella nuestro nombre.
2. Colocaremos las velas una al lado de la otra, muy juntas para que cuando ardan sus cuerpos se mezclen.
3. Las encenderemos con una cerilla de madera y utilizaremos este cirio para dar fuego a los otros dos. Cuando tengamos las tres velas prendidas, las anudaremos con la cuerda de esparto o de fibra natural.
4. Con la tela de raso rojo dibujaremos un círculo alrededor de las tres velas que arden. Acto seguido, diremos en voz alta: «*Estas velas que ahora arden juntas representan a* (decir nombre si se sabe) *y a mi persona. Que así como el fuego las calienta y derrite, caliente y derrita la pasión entre* (repetir los nombres de las personas)».
5. Tras la invocación anterior, daremos por concluido el preparado. Recogeremos los restos de cera de las velas y los colocaremos bajo nuestra cama.

BEBEDIZO PARA ALEJAR ENFERMEDADES

Las enfermedades tienen diferentes formas de manifestarse. La dolencia es una señal de alarma que genera el cuerpo cuando ya no puede más, pero detrás de la enfermedad puede haber bloqueos, cuestiones psicosomáticas e incluso aspectos vibracionales. Así, un problema que no hemos sabido digerir puede afectar a nuestro estómago de la misma forma que lo haría una úlcera, aunque en este caso los procesos sean diferentes.

Lamentándolo mucho, no podemos ofrecer al lector ninguna farmacopea gitana primitiva ni tampoco un remedio curativo a través de una receta mágica. Ello implicaría apartarnos del objetivo principal del libro que es la magia. No obstante, podemos acercarnos a algunos bebedizos tan interesantes como el agua que nos van a servir para prever las dolencias y adversidades. E insistimos en lo del agua, ya que ése será el material básico de este preparado.

INGREDIENTES

- Dos litros de agua embotellada. Si el lector consigue agua de lluvia pura, es decir, que no sea llovida sobre zonas urbanas, puede recurrir a ella siempre y cuando la haya hervido previamente.
- Un recipiente de plata, puede ser un cuenco, una copa o un jarrón.
- Un cuarzo, preferentemente blanco.

PREPARACIÓN

Como veremos a continuación, el objetivo es preparar una sencilla maceración con el agua de lluvia y el cuarzo. Por cierto, cabe destacar que los cuarzos son los cristales que mayores beneficios poseen, tanto en las cuestiones vibracionales como en las mágicas.

1. Verteremos el agua, de lluvia o embotellada, en el recipiente de plata. La plata es un gran conductor vibracional y nos ayudará a canalizar la fuerza del agua.
2. Sostendremos durante unos cinco minutos el cuarzo en nuestras manos. Lo haremos con los ojos cerrados al tiempo que pensamos en lograr cargarlo de energía para que nos ayude y nos dé fuerza.

3. Una vez que haya transcurrido el tiempo indicado, colocaremos el cuarzo en el utensilio de plata. Acto seguido sostendremos el recipiente con las manos al tiempo que nuevamente generamos la intención de cargarlo energéticamente.

4. Dejaremos transcurrir unos cinco minutos desde el paso anterior y después cubriremos el recipiente y lo colocaremos al raso, para que pase toda la noche en el exterior.

5. A partir de la mañana siguiente estaremos en condiciones de extraer el cuarzo del recipiente e ingerir el agua.

Podremos beber el agua magnetizada mágicamente con el cuarzo durante todo el día en sorbos sucesivos. Al ingerirla debemos concentrarnos en la acción que estamos realizando, sabiendo que cada vez que bebemos estamos reforzándonos energética y vibracionalmente.

PREPARADO PARA RECUPERACIONES RÁPIDAS

Tras una intervención quirúrgica o una enfermedad del tipo que sea, nuestro cuerpo suele debilitarse en exceso. Nos bajan las defensas y necesitamos adquirir energía rápidamente. Todo ello lo podemos lograr siguiendo la dieta que nos recomiende un profesional de la medicina y siguiendo los pasos habituales que precisa cada dolencia.

Pero independientemente del proceso de recuperación que sigamos, hay algo que no debemos olvidar: el estado anímico. La persona que se derrumba, que se deprime o que cae en la apatía tras una dolencia o enfermedad tiene muchos más problemas a la hora de llegar a una correcta recuperación, por eso es necesario ayudarla a recuperar la vitalidad con la magia. Hay varios preparados que nos serán muy útiles:

REMEDIO DEL CABELLO

- Cortaremos un mechón de cabello del enfermo y lo sumergiremos en una mezcla de agua con anís, lavanda y espliego. De esta manera combinaremos la fuerza energética y vital del cabello con la de las plantas mencionadas.
- Situaremos al sol el recipiente en el que se encuentra el preparado y cuando caiga la noche lo colocaremos en la cabecera de la cama del enfermo o de la persona que debe recuperarse.

HOGUERA CONTRA LO NEGATIVO

Si vemos que la persona está padeciendo sufrimientos o agonías en su lecho de dolor, tal vez al margen de recuperarse deba librarse de aquello que le daña, en este caso prepararemos una hoguera.

- En un recipiente de barro (puede ser nuevo) situaremos un cartón en el que escribiremos el nombre de la persona, su fecha de nacimiento y la dolencia que está padeciendo. Añadiremos al recipiente cuatro dientes de ajo, que tiene la propiedad de purificar.
- Nos concentraremos en aliviar la dolencia de la persona enferma y en mejorar su estado psíquico. Acto seguido irrigaremos con alcohol de quemar el recipiente y le prenderemos fuego. Finalmente, esparciremos las cenizas al aire.

ENTIERRO DE LA ENFERMEDAD

Este remedio es de gran efectividad pero puede afectar emocionalmente al enfermo si nos ve prepararlo, por tanto aconsejamos llevarlo a cabo de una forma discreta.

- Nos acercaremos al lecho con un huevo moreno en la mano en el que previamente habremos escrito el nombre del enfermo. Nos centramos en concentrar su dolorosa energía en el huevo. Acto seguido lo cascaremos y depositaremos todo el contenido en un recipiente.
- Añadiremos al contenido del recipiente pelos o uñas del enfermo y un chorro de vinagre, y lo batiremos todo.
- Haremos un agujero en la tierra o recurriremos a una maceta sin planta en la que enterraremos el huevo avinagrado. Al hacerlo, pensaremos: *«Así entierro la enfermedad»*.

PREPARADO
PARA DAR BELLEZA Y ESPLENDOR

Por mucho que la belleza esté en el interior, en el corazón y en el alma de las personas puras, la verdad es que a todo el mundo le gusta mirarse en un espejo y sentirse a gusto con el reflejo que ve.

La magia no puede lograr cambiar nuestra imagen, pero sí puede ayudarnos a dar esplendor a la imagen que ya tenemos. Luego sólo faltará que actuemos en consecuencia y creamos que realmente las cosas no están tan mal como habíamos pensado.

Para este preparado vamos a recurrir a alguno de los métodos de belleza gitana más antigua, pero al tiempo más efectiva.

INGREDIENTES:

- Conchas marinas de cauri o caracol marino. En caso de no hallarlos podemos recurrir a las conchas de las ostras.
- Para preparar una cocción en el agua del baño necesitaremos: un apio grande, dos zanahorias y tres dientes de ajo.
- Para macerar en los dos preparados recurriremos a una turmalina, un anillo o cadenilla de oro y dos huevos.

PREPARACIÓN

Comenzaremos a trabajar con la loción de belleza, que será lo más fácil de realizar. Para ello colocaremos en un recipiente de metal el agua, la cadenilla o anillo de oro y las conchas del mar. Añadiremos la clara del huevo. Batiremos ligeramente todo y lo dejaremos reposar tapado durante una noche entera en la que la luna esté en fase llena.

Pasaremos después a preparar el baño. Herviremos en agua el apio, las zanahorias, los dientes de ajo y la turmalina. Cuando todo rompa a hervir, lo dejaremos unos diez minutos más en plena ebullición, aunque bajaremos un poco la intensidad del fuego.

1. Llevaremos al cuarto de baño el recipiente que contiene la maceración y la olla en la que hemos hervido el agua. Entraremos en relajación y visualizaremos que estos dos preparados nos ayudarán a darnos belleza y esplendor.

2. Comenzaremos por el rostro. Retiraremos el oro del recipiente en el que ha estado macerándose la noche anterior. Humedeceremos un paño suave con agua corriente y después lo introduciremos en el recipiente. Acto seguido nos lo aplicaremos al rostro, teniendo cuidado de que no nos caiga en los ojos. Debemos expandirlo bien por toda la cara, frente, etc.

3. Una vez hayamos realizado el proceso anterior, procederemos a darnos un baño en el resto del cuerpo. En este caso recurriremos a otro paño o a una esponja que humedeceremos en el otro recipiente y que nos pasaremos por todo el cuerpo tomando conciencia de que con dicha acción estamos purificando y limpiando el cuerpo, pero también dándole belleza y esplendor.

4. Cuando terminemos las aplicaciones permaneceremos con ellas en el cuerpo por espacio de unos quince minutos. Después las eliminaremos duchándonos, pero sólo

con agua. Al eliminarlas, lo haremos tomando conciencia de que nuestro cuerpo ha embellecido.

PREPARADO CONTRA CELOS Y ENVIDIAS

Dos de las emociones más negativas dentro de lo que son las relaciones afectivas son los celos y la envidia. Se tienen celos de la pareja, de las personas que la miran, de los que están con ella o, en otros casos, uno de los miembros de la pareja tiene mucha envidia de lo que hace el otro. Es como si uno triunfase y el otro no, como si se crease una competencia invisible entre dos personas que teóricamente son compañeras.

Los celos son un error interpretativo. La persona celosa cree que ha tomado posesión de su pareja, considera que es suya y, claro, si es así, no puede ser de nadie más en ninguno de los sentidos. En síntesis, los celos se definen como *«pienso que tengo y creo que lo puedo perder»*. Por su parte, la envidia también puede definirse de una forma extremadamente sencilla: *«otra persona tiene aquello que yo deseo»*.

Desde un punto de vista mágico, la única solución que hay para todo esto es cortar por lo sano. Pero no cortar la relación, sino la vinculación emocional que provocan los celos o las envidias. Los gitanos tenían algunos conjuros especiales para cortar de raíz los problemas, enviaban maldiciones y hasta sueños amenazadores.

Una de las cosas que hacían los gitanos para solucionar los problemas de celos y envidias era sacar una navaja y cortar con ella la rama de un árbol mientras pensaban en una persona que deseaban ver lejos. Otro sistema era trazar con la yema de un huevo un círculo en torno a la amada. Acto seguido, efectuaban cortes con la navaja en torno al círculo de huevo. De esta manera, creían que el ciclo de los celos o de las envidias se había roto. Por supuesto, no actuaremos de esta forma, aunque sí que vamos a practicar también un corte desde el punto de vista mágico y energético a través de un rito muy sencillo.

INGREDIENTES

- Simplemente precisaremos un huevo moreno, lo más fresco posible, y un pañuelo de cabeza.

PROCEDIMIENTO

Para empezar debemos llevar el pañuelo en la cabeza al menos durante medio día. Procuraremos pensar de forma continuada en las situaciones que nos provocan los celos o que nos hacen tener envidia de nuestra pareja. Al llegar la noche procederemos de la siguiente forma:

1. Nos concentraremos en la decisión de alejar para siempre los celos de nuestra vida. Desearemos erradicarlos de forma tajante. Pensaremos en ello al tiempo que sostenemos el pañuelo entre las manos.
2. Extenderemos el pañuelo en el suelo, a ser posible en campo abierto. Seguidamente cascaremos el huevo e impregnaremos con él toda la superficie del pañuelo.
3. Miraremos el pañuelo con atención al tiempo que pensamos que él representa nuestro mundo de temor e inseguridad, incertidumbres y celos o incluso envidias. A la vez que pensamos en esto debemos visualizar el pañuelo rodeado de un halo de color negro.
4. Cuando tengamos muy clara la visualización, miraremos el preparado y con la ayuda de unas tijeras, cortaremos el pañuelo por la mitad hasta tener dos partes. Después volveremos a realizar otro corte pensando que estamos cortando y erradicando los celos. Acabaremos el rito enterrando el pañuelo en un lugar seguro.

HECHIZOS Y CONJUROS

Llegamos a una parte sin lugar a dudas apasionante dentro del campo de las fuerzas mágicas. Si hasta ahora hemos visto algunas formulaciones o rituales y hemos recurrido a remedios mágicos, cuando nos ponemos a conjurar o hechizar, estamos alcanzando otra cota de poder mágico.

Para efectuar el conjuro debemos emplear la palabra, debemos pronunciarla con un fin, sin ningún otro elemento más. Evidentemente, durante el proceso de preparación del conjuro cabe la posibilidad de realizar algún gesto o de adoptar una posición determinada, pero el conjuro es, por sí mismo, una magia. En cambio, cuando realizamos un hechizo deseamos generar una corriente de fascinación entre personas o situaciones.

Seguramente todos tenemos en mente (las películas son una buena fuente gráfica) al gitano de turno lanzando uno de sus conjuros al tiempo que levanta sus brazos en dirección al cielo o efectúa el signo de los cuernos con sus manos. Pero el arete del hechizo va algo más allá.

Como comprobaremos a continuación, siempre estamos a tiempo para conjurar, ya que conjurar no es más que hablar, es emitir una energía muy fuerte y potente a través de la voz.

Hemos hecho una selección de los conjuros más importantes y fáciles de realizar, ya que, si bien sólo es una cuestión de voz, en ocasiones el conjuro se parece más a un rezo que a una formulación mágica. Podemos encontrar hechizos verdaderamente largos en los que las frases se repiten una y otra vez. Sólo cambia el tono, pero el mensaje es el mismo.

Por lo que se refiere al hechizo, y teniendo en cuenta que ya requiere de cierto ritual y dramatización, en el sentido de selección ha prevalecido, por encima de otros valores como la vistosidad o la suntuosidad, el sentido práctico.

Por otra parte, y partiendo de la base de que en el hechizo lo que se busca también es la fascinación, o sea que las personas a las que va dirigido este tipo de magia queden absorbidas por la fuerza psíquica, aconsejamos al lector que haga un último esfuerzo en lo que a canalización y concentración se refiere.

CONJURO PARA ALEJAR ENEMIGOS

De una u otra forma, todos, en mayor o menor medida, podemos generar envidias en un momento dado. Los enemigos pueden estar en cualquier sitio, y lo peor de todo es que muchas veces ni siquiera se manifiestan de forma abierta. Pero también es verdad que conviene tranquilizar un poco los ánimos en determinados momentos, puesto que muchas veces no hay tantos enemigos como nos puede parecer a simple vista. Y es que nuestra imaginación también es un buen caldo de cultivo para ver cosas donde no las hay. De todas formas, veremos seguidamente un conjuro en el que vamos utilizar un enterramiento.

INGREDIENTES

* Una maceta de tierra que no contenga planta o un lugar en pleno bosque.

- Una hoja grande de lechuga que utilizaremos para el resultado del conjuro.

PROCEDIMIENTO

Empezaremos haciendo una lista de las personas que creemos que nos quieren mal, nos odian o son enemigos. Esta lista la escribiremos en un papel normal, colocando el nombre y apellido de las personas que consideramos nocivas para nuestra vida. Nos concentraremos en que deseamos que se alejen de nuestra existencia para siempre y, acto seguido, procederemos de esta forma:

1. Doblaremos el papel en cuatro trozos y con cada pliegue diremos en voz alta con toda la rabia que nos sea posible: *«Yo os anulo»*.
2. Con el papel entre las manos nos relajaremos ayudándonos para ello de un poco de respiración pausada. Cuando consideremos que ya estamos relajados, procederemos a llevar a nuestra mente todos y cada uno de los nombres que figuran en la lista. Si nos sentimos capaces, podemos también incorporar la imagen de la persona en cuestión.
3. Cada vez que aparezca el nombre o la imagen de la persona enemiga, pronunciaremos el siguiente conjuro en voz alta: *«Tú* (nombre) *que mal me quieres y mal me envías, te rechazo con toda mi fuerza y mi poder»*.
4. Después de realizar dichas conjuraciones abriremos los ojos y, manteniendo el estado de relajación, envolveremos el papel con aloja de lechuga y nos dirigiremos al lugar que hemos escogido para enterrarlo, ya sea una maceta o un campo abierto.
5. Cuando estemos en el lugar, nos concentraremos en la energía que fluye de nuestras manos y con ella practicaremos un orificio lo suficientemente grande como para que quepa en él la hoja de lechuga que contiene el papel.

111

6. Introduciremos el papel en la tierra, lo cubriremos para que quede bien enterrado y acto seguido, pensando de nuevo en las personas que consideramos que son enemigos, diremos en voz alta: «*Con este entierro anulo vuestro poder y así como la luz no entrará en este recinto, vuestras acciones no verán la luz sobre mí*».

7. A continuación, colocando el pie sobre lo enterrado diremos: «*Yo os anulo. Yo elimino vuestro poder. Conjuro, conjuro, conjuro, a las fuerzas que protege para que pudra en el interior de la tierra vuestra maldad*».

CONJURO PARA LOGRAR ALIANZAS EN EL TRABAJO

Hay quien afirma, no sin falta de acierto, que el trabajo es como una selva en la que acostumbra a imperar la ley del más fuerte. La verdad es que las envidias y las traiciones suelen estar a la orden del día entre los empleados de una empresa. Los problemas de entendimiento o de valoración con los superiores, o bien las dificultades a la hora de establecer una relación correcta con los compañeros de trabajo son sólo una pequeña parte de lo mucho que significa el mundo del trabajo que, por supuesto, también tiene sus cosas buenas.

De todas maneras, a la hora de centrarnos en las temáticas mágicas vinculadas a lo laboral obviaremos, si se nos permite, los momentos gratos y placenteros que nos da el trabajo para centrarnos en los problemas y conflictos más habituales que pueden resolverse o menguar gracias a la intervención de un buen conjuro.

Comenzaremos por el tema de las alianzas. El hecho de saber en quién podemos confiar y quién es el candidato perfecto para generar una traición, lo dejamos a la intuición del lector. La magia no puede advertirnos sobre buenas o malas asociaciones, pero sí que puede reforzar las que estemos programando o dar más fuerza a las que ya existen.

Veremos seguidamente un conjuro que será de ayuda para crear asociaciones, tanto si se trata de realizarlas entre jefes o subordinados como entre compañeros de un mismo rango laboral. Lo importante para esta práctica es que contemos con la fecha de nacimiento completa de los participantes, así como con sus nombres y apellidos. La perfección del conjuro vendrá de la mano de la imagen. Por ello, si es posible, debemos contar con una fotografía de la persona que queremos involucrar en el conjuro.

INGREDIENTES

- Tantas velas de color azul y de color amarillo como personas estén implicadas en la alianza que buscamos. Es decir, si son tres personas, precisaremos un total de seis velas.
- Tres trozos de tela de raso de color marrón y otros tres trozos de tela de color blanco.

PROCEDIMIENTO

Debemos trabajar en el templo, aunque concluiremos el acto mágico llevando los restos de cera de las velas al lugar de trabajo.

Para empezar ataremos una vela azul (color de la armonía de la mente) con una de las amarillas (el tono de la vitalidad, el dinero y la energía). Debemos unirlas y atarlas con las dos cintas de color. La marrón servirá para potenciar los temas laborales y la blanca generará pureza. En caso de que dispongamos de la fotografía, también la uniremos al paquete.

Escribiremos tantos papeles como personas participen en el ritual. En cada papel incluiremos el nombre, los apellidos y la fecha de nacimiento de la persona. Debemos colocar cada papel bajo dos de las velas que han sido atadas.

Acto seguido, entraremos en concentración y visualizaremos el rostro de todas las personas con las que deseamos efectuar la alianza, viendo que están unidas amigablemente. Por supuesto, a la hora de visualizar los rostros incluiremos también el nuestro. Debemos percibir que con esta acción visualizadora le damos fuerza al conjunto. Cuando ya llevemos unos cinco minutos de visualización, prenderemos con la ayuda de una cerilla de madera cada una de las velas.

Observaremos cómo están ardiendo las velas y sentiremos su energía vibrando en el aire. Cuando las velas lleven ardiendo unos cinco minutos, procederemos de la siguiente forma:

1. Respiraremos profundamente y elevaremos los brazos invocando: «*Fuerzas de la Tierra, oíd y obedecedme. Fuerzas del Aire, oíd y obedecedme. Fuerzas del Agua, oíd y obedecedme. Fuerzas del Fuego, oíd y obedecedme*». Permaneceremos un minuto en silencio.

2. Cuando haya transcurrido el tiempo indicado, concentrándonos en las llamas de las velas que arden al unísono, diremos: «*Conjuro, por el poder de los seres invisibles y por la fuerza de los antepasados a las entidades que se manifiestan en este ritual, para que la fuerza y el poder de la unión recaiga sobre (diremos el nombre de las personas) para que estén más unidas que nunca en sus metas y fines comunes*».

3. Dejaremos pasar un par de minutos desde la invocación anterior y acto seguido, tomando todas las velas con las manos, las elevaremos al aire diciendo: «*Por el poder de este conjuro yo pido que... (nombre de las personas) ahora sean uno. Sin rencillas, sin dudas, sin temor, sin rencor. Ahora serán uno*».

4. Colocaremos las velas de nuevo sobre la mesa y repetiremos toda la invocación anterior. Después dejaremos que las velas se consuman hasta el final. Acto seguido, debe-

114

mos recoger todos los restos sobrantes y al día siguiente llevarlos al trabajo y guardarlos en lugar seguro.

PARA OBTENER AUMENTOS DE SUELDO

Que a todos nos gustaría ganar más dinero es un hecho innegable, pero cuando le pedimos más dinero al mundo, al destino, debemos llevar cuidado. Recordemos que aquello que se pide luego tiene un precio que en ocasiones no podemos pagar.

A través de la magia no nos va a caer dinero del cielo como por arte de magia, valga la redundancia. Entre otras cosas porque de ser así, no habría magos sino un montón de multimillonarios. Ahora bien, de lo que estamos seguros es de la capacidad que tienen las potencias invisibles para darnos aquello que es justo y merecido. Son muchos los casos de magos y brujos que han efectuado rituales pidiendo dinero a sus entidades y lo han conseguido, pero pedían obtener aquella cantidad que era justa.

En el ritual que nos ocupa a continuación, considerado dentro de la categoría de hechizo, lo primero que debemos hacer es valorar nuestra situación económica y darnos cuenta de cuál es la realidad. Debemos saber si precisamos más dinero o no, pero de verdad. Cuando lleguemos a la conclusión que sí queremos más dinero, evaluaremos cuál es la cantidad justa. Supongamos que tras hacer unos cálculos, determinamos que sería justo ganar un 25 % más cada mes, por ejemplo. Ésa será la cantidad que vamos a pedirle a la magia.

INGREDIENTES

- Una tela de color naranja, que tendrá la misión de conectarnos con la energía económica de lo activo. Otra tela de color amarillo, sin lugar a dudas símbolo del dinero. Finalmente otra tela, en este caso de color marrón que representará el trabajo, lugar del que saldrá el dinero.

- Un hilo de cobre, que nos servirá para anudar la tela que trenzaremos en el ritual.
- Un o dos dientes de ajo que emplearemos como potente canalizador de nuestros deseos de mejoría económica.

PROCEDIMIENTO

Comenzaremos por escribir en cada uno de los tres trozos de tela el nombre de la persona que sabemos es la responsable de nuestro sueldo. Bajo el nombre de esta persona escribiremos la cantidad que hemos calculado que necesitamos. Rodearemos todo ello con un círculo.

El siguiente paso consistirá en utilizar los dientes de ajo. Los pelaremos y los frotaremos en el interior del círculo en el que hemos apuntado los datos referidos anteriormente. Aplicaremos también el ajo en la parte del reverso del círculo, es decir, en la parte trasera del pañuelo.

1. Nos concentraremos visualizando la cantidad económica que realmente necesitamos. Para facilitarnos el trabajo, podemos ver justamente los números que la representan.
2. Sin dejar de pensar en la imagen que ya tenemos seleccionada, tomaremos las tres telas de color y procederemos a realizar una trenza con ellas. Es importante que a cada nuevo paso de la trenza digamos en voz alta: *«Invoco el acuerdo».*
3. Cuando tengamos la trenza de las telas finalizada, tomaremos el hilo de cobre entre las manos, lo elevaremos en el aire y diremos en voz alta*: «Con este hilo ajusto y conformo el ritual. Con este hilo doy fuerza a mis pensamientos y visualizaciones. Con este hilo, lograré el efecto deseado».*

A partir de este momento nos debemos centrar en enroscar el hilo de cobre en torno a la trenza de tela que hemos hecho. Es muy importante que mientras lo enroscamos pensemos no ya en la cantidad que necesitamos, sino en la persona que nos la debe conceder. Si por cualquier motivo tuviéramos problemas para recordar su rostro en nuestra pantalla mental, optaremos por repetir su nombre seguido de la expresión «p*ido tu ayuda*».

Cuando tengamos toda la trenza con el hielo de cobre, procederemos a depositarla sobre el altar y, si lo deseamos, le daremos luz con la ayuda de dos velas blancas o, en su defecto, amarillas.

Al día siguiente estaremos en condiciones de acudir al trabajo con nuestro preparado mágico que debemos guardar en la mesa de trabajo con la máxima discreción. En caso de no disponer de mesa de trabajo, procuraremos llevar el preparado hechizado encima. Para que el hechizo tenga más fuerza, miraremos el preparado varias veces a lo largo de la jornada laboral. Procuraremos que nadie lo vea, y mucho menos la persona a la que tenemos que pedirle el aumento de sueldo.

Será a partir del segundo día cuando finalmente nos decidiremos a actuar. Con cualquier excusa, llevaremos en la mano la trenza mágica y nos acercaremos a la persona a quien deseamos pedirle el aumento. Si lo hacemos nada más entrar o al salir del trabajo llevando una chaqueta en la mano, ésta disimulará nuestro contenido mágico.

Es importante que la persona que nos debe dar el aumento vea al menos una vez la trenza, pues ahí está buena parte de su poder de fascinación. Aunque no la vea, la magia ya ha sido realizada y nosotros hemos llevado la trenza encima durante todo un día, pero mirándola pueden activarse mucho mejor sus energías.

Justo antes de solicitar el aumento de sueldo, debemos hacer un esfuerzo por visualizar a la persona a quien se lo pedimos con la trenza, o bien rodeándole la cabeza con dicha trenza o situándola a la altura del corazón. Después ya podremos proceder a solicitar el aumento de sueldo.

Recomendamos a la persona que no se deje llevar por la influencia de la magia a la espera de obtener su resultado. Ello sería un error puesto que cambiaría la actitud frente al interlocutor. Así pues, debemos hablar con normalidad y efectuar la petición con aplomo y seguridad, sabiendo que contamos con una poderosa alianza mágica, un hechizo que hemos preparado porque realmente lo necesitábamos, pero que requiere, a fin de cuentas, de nuestra convicción.

Por todo ello, cuando solicitemos el aumento de sueldo no lo haremos con vaguedades, sino que tras comenzar los prolegómenos habituales en este tipo de actividad, iremos directamente al grano y mencionaremos explícitamente el porcentaje de dinero que necesitamos o, en su defecto, la cantidad que representa.

En el momento que estamos emitiendo la petición, debemos hacer lo posible por tocar el trenzado de tela y, si somos capaces de mantener la concentración, repetiremos la visualización de la otra persona portando el trenzado mágico que hemos preparado.

HECHIZO EFECTIVO
CONTRA EL MAL DE OJO

Para realizar este hechizo sólo necesitamos tener verdadero aplomo y muchas ganas de liberarnos del mal que nos molesta y de la persona que supuestamente es responsable de él.

Debemos contar con una fotografía de nuestro enemigo y, a ser posible, saber su nombre. En caso de no conocerlo, entraremos en relajación y dejaremos la mente en blanco durante unos cinco minutos. Pasado este tiempo nos esforzaremos en pensar en aquellas personas que supuestamente nos están haciendo daño o que nos puedan querer mal. Dejaremos que por nuestra pantalla mental pasen todo tipo de imágenes, incluso aquellas que seguramente no tienen relación directa con el mal.

118

Cuando llevemos unos diez minutos viendo imágenes, nos concentraremos en solicitar una señal a nuestra mente. Un signo claro que nos permita identificar un rostro. Cuando ya tengamos la imagen adecuada de la persona procederemos a escribir su nombre en un papel. Por supuesto, si disponemos de una fotografía, mucho mejor.

Nos acercaremos a un mercado para adquirir ojos de res o cualquier otro animal que no sea ave. Nos proveeremos de un pequeño recipiente o cuenco que pintaremos de color negro. Introduciremos los ojos en él y sobre ellos pondremos la fotografía o el papel en el que hemos escrito el nombre del enemigo. Escupiremos cinco veces sobre el conjunto. Después de escupir cada vez, diremos en voz alta:

«Maldigo, maldigo, maldigo, a la persona que mal me quiere, a la persona que me está atacando. Si fueras tú, la que estás en este cuenco, que todo el mal que has querido acarrearme te venga devuelto por ciento.

Pero si no eres tú, desde este momento te bendigo una y mil veces, para que la salud no te falte, para que el amor te colme, para la que la dicha sea tu fuente de inspiración».

Tras efectuar el conjuro, tomaremos una vela negra, la prenderemos con cerilla de madera y la inclinaremos sobre el recipiente para que sus gotas de cera vayan cubriendo todos los ingredientes. Al tiempo que cae la cera iremos repitiendo el conjuro, tantas veces como sea necesario, hasta que los ingredientes (ojos y papel) estén cubiertos del todo.

Realizado el paso anterior, colocaremos la vela en posición vertical y con su llama quemaremos la base del recipiente al mismo tiempo que repetimos una vez más el conjuro señalado anteriormente. Acto seguido, envolveremos el conjunto en una bolsa de plástico de color negro y nos desplazaremos hasta un bosque o zona ajardinada que tenga cierta privacidad, puesto que será allí donde enterraremos nuestro conjuro y los elementos que lo componen.

El tiempo es quien da y quita la razón y el tiempo será, al fin, quien nos dé el resultado sobre lo realizado. Si vemos que la persona cuyo nombre o fotografía estaba en el cuenco, comienza a tener mala suerte pasados unos diez días del ritual, no nos habíamos equivocado en la visualización, era ella la culpable. De no ser así, veremos que al ser inocente, su vida también cambia, pero para bien. Podemos estar seguros que, en algún lugar, alguien estará pagando el mal que nos quiso hacer.

Recordemos que con esta formulación de magia, con este poderoso conjuro, no hemos tentado al mal ni lo hemos practicado. Sólo hemos levantado nuestras manos clamando justicia divina y devolviendo por ciento, como marcan las leyes mágicas, el mal que alguien haya querido ocasionarnos. Y al tiempo, entregando bien, si ese fuera el menester a una persona inocente que, desde luego no era quien nos había provocado el daño. Debemos tener presentes estas condiciones siempre que hagamos magia, ya que como afirma el dicho, «quien siembra tormentas, recoge tempestades» y en las artes mágicas, crear o sólo pensar en una tempestad puede hacernos mucho más daño del que somos capaces de imaginar.

TERCERA PARTE

EL ORÁCULO
DE LA REFLEXIÓN

Por el interés que representa, de cara a ayudarnos a tomar una decisión, aclarar un problema o simplemente arrojar un poco de luz en el camino en el que nos encontremos, reproducimos otros dichos clásicos de diferentes clanes gitanos. Es evidente que todos ellos poseen una magia especial, tanto es así que han servido como referencia para la creación de numerosos sortilegios y hechizos, aunque en este caso, vamos a utilizarlos desde un punto de vista adivinatorio.

Se trata de preparar un juego en el que dejaremos que sea el azar y la sabiduría de los romaní los que guíen nuestros pasos con la inteligencia propia de lo ancestral. Veremos a continuación una serie de frases que en algún momento han sido utilizadas como argumento en diferentes tipos de situaciones, pero en lugar de leerlas, vamos a emplearlas como frases consejeras.

Sugerimos al lector que fotocopie (o escanee e imprima) cada una de las frases presentadas en forma de lámina en las páginas siguientes, de modo que pueda confeccionar su propia «baraja de dichos». Acto seguido doblará cada papel o carta en cuatro partes y los guardará todos en una bolsa de terciopelo y de un color que le resulte agradable.

Quien lo desee, en lugar de recurrir a los papeles doblados, puede escribir los textos e imprimirlos en varios colores con ayuda de los modernos sistemas informáticos, con el diseño que prefiera y en un formato similar al de un naipe. Tanto si se imprimen en cartulina, como si se imprimen en papel normal y se plastifican, el lector podrá obtener así su propia «baraja de dichos» personalizada. (En este caso, el lector no necesitará doblar las cartas.)

Después, procederemos de la siguiente forma:

1. Antes de usar por primera vez este oráculo, debemos magnetizarlo. Para ello será indispensable que sostengamos con ambas manos la bolsa que contiene las cartas o los papeles. Manteniendo esta posición nos concentramos en el ritmo de la respiración.

2. Realizaremos entre tres y cinco respiraciones muy profundas, fijándonos en que el aire entre con fuerza, nos llene por completo y luego salga con suavidad. Pasados unos minutos centraremos toda la atención en el plexo solar.

3. Nos imaginaremos que la energía se concentra en el plexo solar y que a medida que vamos respirando la energía adquiere mayor densidad, llenando toda la zona. Cuando ésta visualización se complete, debemos imaginar que la energía se desplaza desde el centro del cuerpo en dirección a los brazos y de ellos hacia las manos, para llegar finalmente a la bolsa o saquito del oráculo.

4. En el momento que consideremos que la energía ya está en la bolsa, debemos tomar conciencia de que estamos efectuando esta acción para conseguir ayuda, que estamos magnetizando y consagrando aquellos elementos que luego usaremos en consulta. Pasados unos cinco minutos de reflexión daremos por finalizada la consagración.

Esta forma de trabajar será de mucha ayuda ya que nuestra energía y la de las diferentes frases de poder están interrelacionadas. Este vínculo es importante ya que, con el tiempo, nos daremos cuenta que cuando extraemos una carta o un papel consejero, es la energía y no sólo el azar quien se manifiesta.

Con prácticas como las anteriores estamos potenciando, sin pretenderlo, nuestro desarrollo psíquico. Esto será de suma validez cuando entremos de lleno, a partir de los siguientes capítulos, en temáticas un poco más complicadas y en rituales o ceremonias en los que la energía y la vibración mágica serán indispensables.

Ha llegado el momento de efectuar la consulta. Para ello debemos localizar un lugar que sea agradable y en el que dispongamos de cierta privacidad, donde no nos pueda molestar nadie. Dispondremos también de una mesa de consulta. Tras ella reflexionaremos antes de hacer la pregunta y sobre ella leeremos y meditaremos el mensaje que extraigamos.

Acto seguido, procederemos de la siguiente forma:

1. Colocaremos la bolsa que contiene las cartas o papeles sobre la mesa a una distancia de unos cincuenta centímetros del cuerpo. A cada uno de los lados de la bolsa colocaremos ambas manos de forma que queden ligeramente separadas del paquete.

2. Cerraremos los ojos y reflexionaremos sobre el motivo que nos ha llevado a realizar todo esto. Procuraremos no dejarnos influir por pensamientos negativos o falsas esperanzas. Debemos centrarnos únicamente en lo que nos preocupa de verdad.

3. Efectuaremos una pregunta concreta y en voz alta y, acto seguido, introduciremos la mano para extraer un mensaje. No lo miraremos, sino que lo colocaremos sobre la mesa en el vértice superior de un triángulo imaginario. Este primer papel o carta reflejará el presente.

125

4. A continuación, manteniendo la concentración, preguntaremos sobre qué es lo que nos ha llevado a la situación actual. Sacaremos pues un mensaje que tendrá relación con el pasado y las circunstancias que han provocado el presente que estamos viviendo. Esta segunda carta o papel deberá situarse en la base del triángulo imaginario, a la izquierda.

5. Finalmente, extraeremos una tercera carta o papel que será el que nos indique hacia dónde debemos encaminar nuestros pasos o estrategias.

Cuando hayamos extraído la última carta debemos meditar nuevamente sobre la situación que deseamos aclarar. Después iremos descubriendo una por una las respuestas. Las leeremos sin prisa, meditando sobre ellas, intentando averiguar si, al margen de la interpretación que incluimos en el libro, podemos encontrar algún otro significado.

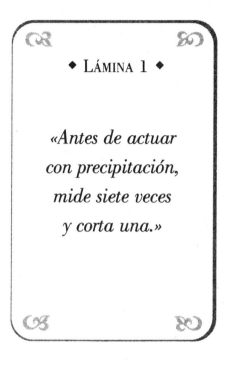

◆ LÁMINA 1 ◆

«Antes de actuar
con precipitación,
mide siete veces
y corta una.»

Esta frase nos habla de la necesidad de actuar con seguridad y prevención. Si cortamos una vez antes de medir siete, lo que estamos haciendo es dejarnos llevar por los instintos. La frase nos aconseja que midamos muy bien nuestras palabras, pensamientos y acciones y que tras haber reflexionado sobre ellos, actuemos sólo cuando estemos seguros de que hemos evaluado una y otra vez aquello que estamos a punto de emprender.

Por otra parte, si enfocamos la frase al pasado o al presente, puede ser un aviso de lo que estamos haciendo y del peligro que ello conlleva. Cuando en el pasado preguntamos un motivo para la situación actual y surge esta frase, quizá nos esté indicando que fuimos lentos, que tardamos demasiado en decidir. Precisamente, que «medimos siete veces y cortamos una», es decir, que perdimos la oportunidad por la inseguridad y la indecisión. En lo que al presente se refiere, la frase puede estar advirtiendo que no somos todo lo operativos que sería deseable, que nos falta algo de empuje. Quizá nos estamos preocupando más de la cuenta en lugar de ocuparnos de verdad en aquello que deberíamos emprender, decir o hacer.

Pueden parecer un contrasentido las múltiples formas de interpretación de esta frase, pero es precisamente ahí donde reside su riqueza. Son dichos y frases que están más allá del espacio y del tiempo y que, como decíamos, nos ayudan a reflexionar.

Tal vez el resumen más efectivo es éste: Cuando tenemos algo frente a nuestra vida, no debemos tomarlo de forma precipitada, sino cuando hayamos evaluado los pros y los contras. Eso sí, sabiendo en todo momento que a cada nueva evaluación tendremos un punto de vista más claro, pero que quizá también sea diferente. Por ello no podemos detenernos para siempre, sino que es preciso analizar y después actuar.

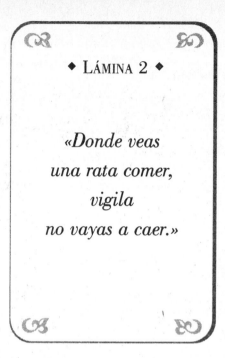

«Donde veas
una rata comer,
vigila
no vayas a caer.»

La rata es uno de los animales que se consideraban perniciosos por el pueblo gitano, por ello no debe extrañarnos que le tengan una cierta aversión. De todas formas, es importante ver quién es la rata y qué es la comida. Si examinamos la naturaleza del roedor vemos que suele alimentarse de todo tipo de productos, pudiendo incluso devorar a sus compañeros de especie. Así pues, la rata es aquella persona que se mueve por puro interés, que no tiene prejuicios ni moral y posiblemente tampoco tenga amigos reales. La frase nos advierte de la necesidad de observar a esas personas que no actúan de buena fe pese a poder mostrar lo contrario.

La frase se refiere a la necesidad de crear nuestros propios pasos y decisiones, alejados de las influencias de los demás, especialmente cuando estos son ratas o, lo que es lo mismo, malos consejeros. La afirmación de no comer el alimento que ingiere la rata es una manifestación hacia no seguir sus pasos, hacia buscar el propio alimento.

El dicho nos recuerda que debemos mantener siempre una iniciativa propia, que aunque tengamos consejos y personas aliadas cerca, no siempre tendrán razón, y que quizá alguien que parece estar de nuestra parte, en realidad está actuando por interés propio.

Cuando aplicamos la lectura al presente, nos dice que deberíamos ser capaces de actuar por nuestros propios intereses, buscando nuevas formas de alimentarnos, es decir, de vivir las diferentes facetas de la vida como el trabajo, la pareja o incluso el ocio.

Cuando la referencia es sobre el pasado, quizá nos esté advirtiendo que caímos en el error de dejarnos llevar por quien no nos quería bien y por eso la situación actual es perniciosa.

Finalmente, cuando hablamos de futuro, la frase insiste en alcanzar la libertad y nos advierte que quizá alguien nos invite a seguir sus pasos. Tal vez una rata nos acerque la ruta de la comida, de la fuerza vital, pero debemos saber que dicho camino puede ser erróneo.

◆ LÁMINA 3 ◆

«Si la lechuza cuelga
cabeza abajo
de la rama del olivo,
no es lechuza,
sino murciélago.»

La interpretación de esta frase no puede estar más clara. Se refiere a las apariencias, a los espejismos y al engaño. La lechuza es aquello que nos encandila, que nos estremece. La imagen de lo que está de moda, del éxito fácil. La rama de olivo representa los frutos, la realidad de la vida. Lo que es cierto. Finalmente, el murciélago, como criatura de la noche que es, al igual que la lechuza, manifiesta el engaño.

La lechuza caza más o menos limpiamente, mediante la observación y la inteligencia. El murciélago actúa no con el sentido de la vista, sino guiándose por un complejo sistema de medición sonora. En la época de los gitanos, se creía que los murciélagos actuaban por puro instinto.

La frase reitera que muchas veces actuamos con buena fe y nos creemos a pies juntillas lo que vemos. Caemos en el error de no ver más allá de nuestros ojos y de vivir engañados. Cuando vemos lechuzas en lugar de murciélagos, estamos haciendo aparecer una parte de la realidad que no es la correcta. Por tanto, estamos siendo engañados. La carta es muy clara: El engaño o quizá incluso la traición pueden estar cerca.

Cuando se refiere al presente, la frase nos conmina a desconfiar. Pero no se trata de una desconfianza ilógica y carente de sentido, sino de una puesta sobre aviso. Nos está diciendo que abramos bien los ojos porque quizá por culpa de nuestras emociones o intereses en algo, no estamos viendo el peligro que nos acecha.

Respecto al pasado, el texto hace alusión a la vivencia de un engaño. El que consulta ha recorrido un camino erróneo pensando que era el adecuado. Por supuesto, cuando hablamos de motivos, la frase no indica que seamos culpables. Al contrario: No hemos sabido ver el engaño.

En cuanto al futuro, aconseja desconfianza, augura lobos con piel de cordero, personas que como la lechuza quizá se nos muestren solas, como el gran líder, pero realmente pueden formar parte de un grupo organizado del que sólo conocemos al líder.

«Aquella golondrina que caliente sus plumas bajo el sol de Poniente será feliz, pero ¡ay de aquella que en sus altos vuelos quiera ser rozada por el Sol!»

La golondrina es el consultante y el Sol, los éxitos, la vanidad y la vida. Las plumas de la golondrina son las herramientas y argumentos que usa en la vida. La frase se refiere a la soberbia, al egoísmo y al narcisismo y señala la importancia de la modestia.

La golondrina puede ser cualquiera. Pero no nos habla de una cabra ni de una serpiente, es decir, hace alusión a un ave, concretamente a un animal que es migratorio. Esto ya nos da una pista de cómo actúa nuestra golondrina. Hablamos de una persona que se mueve, que es inestable, que sigue unos ritmos «impulsivos» o «instintivos» que son los que le guían en su camino y que siempre tropieza dos veces en la misma piedra ya que, como la golondrina, vuelve una y otra vez al lugar de destino y origen. Simbólicamente, es una persona que vuela, es decir, que tiene una mente despierta y goza de creatividad e imaginación. Ahora bien, en sus vuelos se calienta, pero también puede quemarse.

El vuelo es la forma de actuar en la vida y las plumas que se calientan a su abrigo, la forma lógica de emprender las acciones y de cobrar sus resultados. Pero cuando la vanidad, la ostentación del poder, el engreimiento y la soberbia nos hacen ir más allá de nuestras posibilidades y querer tocar el sol, es cuando nos quemamos, cuando las cosas salen mal.

En el presente, la frase nos puede indicar que sigamos por el camino de la osadía de las ideas, que seamos golondrinas sabiendo que una y otra vez podemos repetir los errores, aunque también esta repetición nos da mayor experiencia y es una oportunidad para rectificar. La frase nos dice que si actuamos con corrección, sin ir más allá de las posibilidades reales, podremos tener el éxito; pero si queremos alcanzar lo que no nos corresponde, nos quemaremos y podemos morir por exceso de calor.

En el pasado, la frase puede aludir a que no hemos sabido aprovechar las oportunidades y que una y otra vez hemos errado por no reconocer las limitaciones. Pero otra interpretación es que estuvimos a punto de quemarnos por el sol del éxito o de la vida, por culpa de una actuación que finalmente enderezamos.

En cuanto al futuro, la frase nos advierte de la necesidad de la prudencia, nos recuerda nuestras capacidades y nuestra fuerza. Nos dice que nos encontraremos con situaciones que ya hemos experimentado, puesto que al ser golondrinas somos aves –personas migradoras– que de nuevo tendremos una oportunidad y que debemos aprovechar esta oportunidad porque tal vez sea la última, especialmente si al final el fuego del sol nos quema por no haber sabido mantener la prudencia.

La frase también se refiere al amor y la casa. La golondrina cambia de casa, migra para reproducirse y crea un nuevo nido en su migración. Esto puede interpretarse como la presencia de una pareja o el establecimiento de relaciones forma les y de una nueva casa. Además, podemos incluso precisar la estación en la que puede suceder, pues las golondrinas siempre buscan la calidez, por tanto hablamos de primavera o verano.

«Los caballos nos dan el poder y la gloria, pero nos pueden hacer caer tal como nosotros derrotamos a nuestros enemigos.»

Sin lugar a dudas, esta frase hace alusión a la forma que tenemos de «desplazarnos» y de actuar en la vida. Claro que no hablamos de un desplazamiento en coche, sino de cómo nos movemos en la existencia de lo cotidiano y nos advierte, especialmente en los temas de familia, hogar y pareja, que si forzamos determinadas situaciones podemos caer del caballo.

El caballo era el animal instintivo, dócil y amigable que empleaban los gitanos para desplazar su casa. Ellos tiraban de la carreta o carromato que representaba el hogar gitano. Por lo tanto, la frase está vinculada a la forma en que gobernamos, conducimos y tratamos la casa.

Cuando la frase nos dice que el caballo puede ser de gran ayuda pero que al azuzarlo más de la cuenta puede derribarnos, está indicándonos la forma en que estamos actuando en el hogar. La frase presagia y augura ciertas desavenencias, posiblemente en el terreno familiar, ya sea con los hijos o con la pareja, y nos advierte que no estamos a la altura de las circunstancias.

En ocasiones, el trabajo, el mal humor, los problemas que llevamos al hogar o la incomunicación, se convierten en armas arrojadizas con nuestros hijos o con la propia pareja. Guiamos las riendas sí, pero lo hacemos con demasiada inconsciencia, por eso la frase nos recuerda que la forma de conducir y tratar al caballo (a las riendas de nuestra vida) pueden desestabilizar la existencia.

En su configuración de presente, la frase alude a un estado de nervios, a las crisis y a los problemas domésticos. Nos aconseja que seamos prudentes y que no forcemos la marcha, por tanto, que dialoguemos y seamos constructivos. Nos recuerda que quien está con nosotros no es un enemigo, y que pese a estar pasando por una época conflictiva no debemos entablar una batalla que acabe por desmoronar la existencia.

En su acepción del pasado, la frase puede sugerir que hubo una ruptura o un distanciamiento, precisamente por generar una lucha innecesaria, por no saber conducir las riendas.

Finalmente, en su interpretación hacia el futuro, la frase nuevamente nos presagia problemas, quizá incluso por la injerencia de terceras personas (los enemigos). Tal vez la llegada de extraños o la intervención de personas ajenas en los asuntos domésticos afecte nuestra convivencia, no sepamos cómo dominar la situación y creemos un clima destructivo. Por eso, la frase nos aconseja que seamos prudentes, que seamos diplomáticos y observemos antes de dejarnos llevar por la furia.

*«No puede ocultarse
un punzón
en un saco de tela,
ni un carromato
en una llanura.»*

De la misma forma que todo cuanto hacemos, dice el dicho, que al final se sabe, la frase nos habla de las evidencias y del peligro de ciertas estrategias negativas que pueden llevar a quien consulta a salir mal parado o descubierto.

El punzón es una herramienta, pero también puede ser un arma. Por su parte, en la mención del carro, vemos de nuevo la casa, aunque en este caso debemos relacionarla con la pareja. Cuando la frase nos comenta que no podemos esconder el punto, es que no podemos disimular las actividades negativas que llevamos a cabo, pues al final seremos descubiertos por la fragilidad de nuestras excusas o actuaciones. Veamos que según la frase escondemos el punzón en un saco de tela, un material que puede rasgarse fácilmente y descubrir lo que guarda en su interior.

La frase hace alusión a los comportamientos de pareja en el hogar y, posiblemente, a la infidelidad, en este caso por parte de

137

un hombre, ya que el elemento que esconde es alargado y tiene ciertas connotaciones fálicas. Así pues, la frase hace referencia a las excusas que da un hombre sobre su forma de proceder, indicando que son poco argumentadas y que al final le delatarán y que ello puede repercutir en su hogar, en su familia y, cómo no, en su pareja.

En la actitud de presente la frase nos informa que dicho hombre está jugando con fuego y que está manifestando un comportamiento peligroso del que alguien puede salir herido. Si la infidelidad ya se ha consumado (fácilmente deducible porque el punzón se está escondiendo), el consejo es cambiar de argumentos o abandonar esta actitud para que finalmente no perjudique en la casa, en el carromato.

Con relación al pasado, la frase indica que los problemas familiares o domésticos se debieron a una carencia de realidad. Quizá los argumentos fueron fruto de la mentira, de excusas poco creíbles. Por esto la frase nos aconseja que revisemos la información que tenemos, que miremos el imaginario saco de tela para poder descubrir qué pasó realmente.

En cuanto al futuro, la respuesta no puede estar más clara: los problemas en la casa no se harán esperar ya que alguien se empeña en mantener un engaño. Dicho de otra forma, si la argumentación se mantiene por la línea actual, dará un resultado problemático. Ahora bien, la frase da un canto a la esperanza. Nos habla de una pradera, de un lugar amplio, despejado y libre de ataduras, en alusión simbólica a lo reversible del proceso. Nos dice que tal vez no todo esté perdido. No nos menciona un estrecho desfiladero, sino una pradera donde el tránsito puede ser agradable, donde los obstáculos se ven de antemano, donde en definitiva, el diálogo todavía es posible.

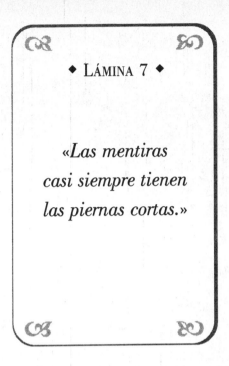

◆ LÁMINA 7 ◆

«*Las mentiras
casi siempre tienen
las piernas cortas.*»

Ésta es una nueva mención a las estrategias poco claras, a los argumentos escabrosos y, directamente, a la mentira, aunque en este caso la frase parece referirse a las difamaciones y a los engaños que pueden estar provocándose, o de los que somos víctimas.

La frase, lejos de pretender preocuparnos, es una advertencia tanto por activa como por pasiva. Nos dice que si somos objeto de difamaciones o de una campaña de desprestigio de nuestra imagen, no debemos preocuparnos en exceso puesto que pronto se descubrirá al falsario. De la misma forma, el texto indica que si lo que pretendemos es recurrir a la difamación o a verter mentiras sobre una persona o situación, no vale la pena que nos esforcemos, ya que el fracaso está anunciado de antemano. De ahí el comentario de las piernas cortas.

Las interpretaciones temporales de esta frase son muy limitadas, ya que en torno al pasado pueden indicar que fuimos objeto de falsedades, pero que de todas formas éstas no afectan al desarrollo de la situación actual.

Por lo que se refiere al futuro, la frase adivinatoria insiste en indicar que fracasaremos si hemos pensado en la estrategia de la mentira como camino del éxito.

«*Zorro que está en pie,*
zorro atento;
zorro que está tumbado,
amoroso,
pero descontento.»

Esta frase nos invita a la reflexión y a que nos fijemos más en lo que estamos haciendo, al menos en el terreno de la amistad. El zorro es un animal seductor, bello y veloz que puede generar cierta fascinación pero que posee unos objetivos que no siempre son del todo claros.

Cuando el zorro está en pie, se supone que nos halaga con su belleza y presencia, aunque está atento para atacar, quizá en una de nuestras partes más vitales. El zorro representa ese amigo que nos dice «no hay problema» pero que cuando surgen las adversidades desaparece. La frase nos indica también que debemos desconfiar de los que se conforman. De quienes se relajan en la actividad y asegurando que «todo está bajo control» pretenden convencernos de una placidez que no es real.

Decíamos que es una frase reflexiva sobre la amistad, y es cierto. Nos encamina a que evaluemos realmente a quién deseamos confiar nuestros secretos. Nos aconseja que vigilemos muy bien a quién le abrimos la puerta de nuestra casa, ya que pese a una aparente tranquilidad, puede haber artimañas secretas. Y en este caso, cuando hablamos de la casa, no nos referimos al carromato o a la vivienda, sino a la vida, al corazón. La frase indica que la amistad que tenemos cerca puede que no sea pura y que por mucha solidaridad y amor que nos muestren quienes nos conocen, ello no es garantía de que se encuentren a gusto en nuestra compañía.

En las situaciones de presente, la frase anuncia la llegada de amistades e incluso de socios a los que primero debemos probar sin confiar a ciegas ni en sus ofertas ni en sus propuestas. En las situaciones de pasado la frase nos está indicando que tal vez lo que nos ocurre ahora se deba a que en el pasado caímos en un error. A que dimos nuestros secretos y apoyo a quien tenía otros objetivos y que con nuestra ayuda, lejos de ayudarnos, lo único que logró fueron sus propios intereses.

Por lo que hace referencia al futuro, la frase indica que si somos zorros podemos obtener éxitos y que tal vez lo que tocará será asentir cuando estemos disconformes pero sin perder por ello una visión de conjunto del entorno. Cuando se nos menciona el término «descontento» de cara al futuro, no quiere decir que debamos mostrar animosidad ni violència, sino que estemos prestos a seguir nuestros objetivos cuando sea necesario, manteniendo mientras tanto una actitud de sosiego y amor.

◆ LÁMINA 9 ◆

«Quien no recoge
la cosecha puede perder
la simiente del próximo
año. Pero, ¡ay de aquel
que no habiendo
sembrado pretenda
recoger semillas!»

Ésta es una frase dura que no puede dejarnos impasibles. Nos llama al orden, nos dice que hemos faltado a nuestros principios, que nos hemos acomodado. Que nos ha bastado un mínimo esfuerzo para creer erróneamente que ya lo habíamos logrado todo. Es más, nos habla también del peligro de aprovechar el éxito de los demás o de robar su gloria.

La cosecha son las acciones emprendidas, pero una acción no puede llevarse adelante si no hay una idea o un proyecto que la arrope. La idea, el pensamiento, se relaciona con la simiente. Así, por una parte la frase nos asegura que si ponemos en marcha las acciones y luego las abandonamos en el futuro, fracasaremos. Pero también nos asegura que no podemos pretender éxito o suerte si no hemos sido capaces de realizar un esfuerzo.

En el presente es una frase que posee cierta dualidad. Nos asegura que debemos proyectar, que estamos en capacidad de

143

generar nuevos horizontes, nuevas metas y que tendremos el poder de arrancarlas y de llevarlas adelante, pero que habrá un peligro que las puede frenar: la desidia, la falta de empuje. Por ello, la frase insiste en que si proyectamos, debemos recoger el fruto del proyecto, pues de lo contrario podría caer en manos ajenas que nos lo harían perder. Por otra parte, también nos insta a ser prudentes y a reconocer que si no hemos trabajado lo suficiente, no podemos pretender que sean los demás quienes solucionen nuestro problema. De ahí la mención a las simientes y las cosechas ajenas.

Referente a las temáticas de pasado, la frase asegura que no trabajamos lo suficiente, que nos acomodamos y que no supimos dar la fuerza adecuada a lo realizado. También puede estar anunciando que nos avergonzamos de lo ejecutado o que negamos la evidencia. De ahí la mención a no recoger la cosecha y a perder futuras oportunidades o simientes.

Con relación al futuro, nos conmina al trabajo y nos augura éxitos siempre y cuando seamos honestos y no dejemos para mañana aquello que es factible realizar en el día a día. El texto presagia peligros y quizá también nos advierte de la injerencia de terceras personas que con su actitud pueden intentar aprovecharse de nuestros esfuerzos.

«*Yegua que no puede parir, yegua que se siente morir; yegua cabalgada, yegua que se siente amada.*»

Simbólicamente, éste es un canto a la fertilidad. Como es lógico no se trata de pensar en la fertilidad de los animales ni tampoco en la de las personas que finalmente logran tener descendencia. En este caso hablamos de otro tipo de fertilidad, la de las ideas y las acciones.

De igual forma que el caballo es sumamente respetado y querido, la yegua, aunque está en un segundo plano, también reviste cierta importancia. De hecho, como hembra del caballo que es, éste precisa de una buena yegua no sólo para nacer como tal sino para tener su descendencia. La yegua es, pues, la gran madre, la portentosa, aquella a la que se debe respeto.

Dado que la yegua es la creadora y portadora de la vida, el símbolo que la asocia es el de la acción y la fertilidad, los logros y éxitos. Así cuando alguien «tuvo buena yegua» indica que poseyó una buena madre, fuerte y sana que le dio la vida. Por el contrario, alguien «sin yegua» puede interpretarse como carente de sentido, apagado e incluso ausente.

En la frase de referencia, la yegua que no puede parar se siente inútil e inservible, mientras que aquella otra que logra ser cabalgadas, es decir, que obtiene la cópula fertilizadora es la que puede ser feliz.

Estos conceptos aplicados a la vida cotidiana, alejados de los puramente animales nos hacen reflexionar cuando aparece esta carta, ya que la yegua puede ser la situación o el mismo consultante. La frase tan sólo le pregunta qué quiere ser, si yegua que no pare, es decir, que no ejecuta, que no actúa o yegua montada, esto es, persona que actúa y trabaja.

Cuando se manifiesta en situación de presente nos está indicando que nos falta soltura para emprender las acciones, que parece faltarnos disposición o incluso ayuda. La frase nos manifiesta que la posibilidad de éxito de fertilidad en la vida está cerca, sólo que, como la yegua, debemos encontrar el camino correcto para lograr la monta.

En referencia al pasado y al futuro, la frase es bastante esclarecedora: si no hubo resultados en el pasado, tampoco los habrá en el futuro a no ser que se cambie de estrategia, a no ser que se logre encontrar una alianza que sea capaz de fructificar.

*«El hogar del hombre
es su carromato, por eso
quien tiene el carromato
posee el imperio,
pero a quien le falta,
vive en la desgracia.»*

El carromato es, desde luego, la casa. La única posesión de siempre del gitano. La que va con él, la que cuida, mima y adorna porque es el techo en su tránsito por el mundo. Puede vivir en mil parajes, pero siempre para guarecerse posee el mismo techo, salvo que escoja dormir al aire libre.

La presencia del carromato no habla nuevamente de la casa, de la familia, en definitiva es una llamada a lo estable. La casa puede cambiar, es decir, podemos sustituir una por otra, Podemos modificar su decoración, su disposición pero si no la «sentimos», si no la hacemos nuestra, nos convertimos en un ser que vive en la desgracia, esto es, al que le falta el carromato.

La carta parece anunciar dificultades en el hogar. Es como si nos estuviera diciendo que pese a tener un techo o una casa, no vivimos en él y que cuando lo hacemos desatendemos las obligaciones. A través de la palabra «imperio» la frase recuerda que el lugar seguro es la casa y que por pequeña que ésta sea, podemos convertirla en todo un reino.

Para casi todas las culturas la casa es el castillo, el refugio, la zona sagrada, el lugar en el que uno se siente seguro. Es, pues, un universo dentro de otro. Cuando la frase indica que quien tiene un carromato posee un imperio, nos está diciendo que estamos en condiciones de formalizar situaciones, si es que hablamos de temáticas vinculadas con la pareja. Claro que si enfocamos el tema a los bienes materiales, el dinero y el trabajo la frase hace alusión a ser moderados en la construcción de un imperio fuera de nuestra casa.

Saltando en el tiempo, podemos entender con esta frase que en el pasado tuvimos poder y que lo hemos perdido por no saber asentar nuestros objetivos e ideas, por no «sentir la casa». Respecto al futuro, la frase parece ser más explícita puesto que nos insta a ser conservadores. Es como si nos dijera que si no llevamos cuidado podemos perder lo que nos rodea, el carromato y claro, si lo perdemos, caerá el imperio.

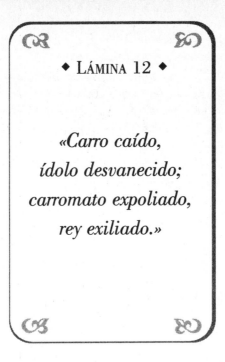

◆ LÁMINA 12 ◆

«Carro caído,
ídolo desvanecido;
carromato expoliado,
rey exiliado.»

Esta frase parece una ampliación de la anterior, de ahí que su interpretación resulte muy sencilla. La caída del carro es el fin de un mundo, concretamente de aquel en el que vive el consultante. La frase parece indicarnos que la situación actual es de crisis. Los valores caen, pues lo hace la casa, el carro. Pero fijémonos que la sentencia anuncia también que un carro robado es un rey expoliado. Es como si la pérdida del poder en lo actual nos estuviera conduciendo a una situación de desgracia en el futuro.

En las situaciones de pasado o que nos permitan entender qué está ocurriendo, la frase nos indica que hemos perdido una parte de los anclajes, de las referencias que teníamos y a las que estábamos sujetos. Es como si dicha pérdida del norte, de la motivación, nos hubiera llevado a vivir una situación de desconcierto en la que nos sentimos que ya no somos tan imprescindibles o importantes como antes.

De cara al futuro el texto nos menciona que debemos llevar cuidado con nuestra actividad y con la falta de autoestima. Es como si nos dijera que podemos pasar por una etapa depresiva o apática que nos conduzca a una desconexión de lo que nos rodea, tanto si son personas como situaciones. Corremos el riesgo de perder la noción de la realidad y acabar siendo reyes expoliados.

Efectuando una interpretación un poco más amplia la frase también parece advertirnos de la presencia o el peligro que pueden suponer las injerencias de terceras personas en nuestra vida. Se trataría de individuos que nos restarían el protagonismo, que harían suyas nuestras ideas con el correspondiente riesgo para nuestro reinado o casa.

«Cuando el cojo cojea
¿qué mal acarrea?
Y cuando el cojo
disimula, cuidado,
terco como una mula.»

No es que los gitanos menospreciaran a las personas que no eran como la mayoría, pero si hacían referencia al peligro de la compasión.

En casi todas las latitudes se ha considerado a los tullidos, jorobados o estrábicos personas diferentes. Tradiciones como no mirar jamás directamente a los ojos de un estrábico porque podía transmitir el mal de ojo, o la no menos curiosa de frotar la chepa de un jorobado para lograr la suerte, ya nos dan una muestra de este desprecio y falta de respeto por las personas que padecen alguna anomalía. Pero en el caso del oráculo que nos ocupa no se trataba de desprecio, sino de una llamada de atención hacia aquellos que a primera vista son diferentes y pueden generar sentimientos de compasión.

Cuando la frase se refiere al mal que presuntamente acarrea quien cojea, lo hace para decirnos que no debemos dejarnos llevar por las apariencias y que quien parece desvalido muchas veces no lo es. Ciertamente, vemos que muchas personas se amparan en sus minusvalías, sean físicas o psíquicas (como depresiones soledad o ansiedad), para generar sentimientos de lástima y compasión en los demás.

Por el contrario, cuando la frase nos indica que el cojo disimula, nos manifiesta que no debemos confiar en quien no se acepta como es. Veamos que lo compara como una mula, como un ser de carga, que no atiende a razones, al que por mucho que le expliquemos, difícilmente llegaremos a convencer.

La frase nos menciona una situación de presente en la que parece que el consultante cuestiona sus acciones emprendidas. Es como si hubiera una carga pesada que le hiciera replantear continuamente su acierto o error. Pero no debemos olvidar el papel del cojo, que hace referencia a dos aspectos, la movilidad y la lástima. La movilidad porque lógicamente quien cojea no puede desplazarse a la misma velocidad que los demás. Es como si la frase nos estuviera echando en cara que no estamos manteniendo el ritmo operativo que realmente podemos ejecutar. Por otra parte, la mención al sentimiento de lástima nos reitera que debemos llevar cuidado con aquellas personas que parecen poner trabas en nuestro camino.

Así pues, en referencia al presente la frase nos conmina a trabajar, a seguir nuestras iniciativas a la velocidad adecuada. Sin hacer daño a nadie pero sin permitir que persona alguna nos detenga en el camino emprendido.

En cuanto a los aspectos de pasado y futuro, la frase nos indica que no podemos centrar el presente a las acciones que nos salieron mal en el pasado. Por lo que se refiere al futuro, la frase nos indica que si somos conscientes de nuestra realidad y limitaciones podremos seguir adelante sin problemas ni preocupaciones. Pero por el contrario, si nos dejamos caer en la compasión, en la falta de fe en nuestra persona y actitudes, seremos como el cojo que nos engaña.

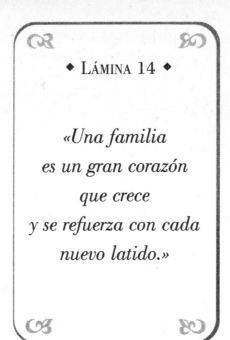

◆ LÁMINA 14 ◆

«Una familia
es un gran corazón
que crece
y se refuerza con cada
nuevo latido.»

La familia es uno de los vínculos más importantes dentro del mundo gitano. La preocupación por padres, hijos y antepasados queda latente en sus costumbres y fórmulas mágicas. Por eso todas las frases que hacen alusión a la familia reiteran el vínculo, la importancia que tiene el clan para el sentimiento gitano.

En el caso que nos ocupa, la frase parece presagiar por una parte el nacimiento de una nueva vida y, por otro lado, necesidad de entendimientos con los miembros de la familia.

Centrándonos en temáticas de presente, la frase nos está diciendo que el consultante pasa por un período en el que más que nunca debe recurrir a quien tiene cerca, a la familia, ya sea biológica o escogida. Y en este sentido, merece la pena reflexionar que todos tenemos dos tipos de familia, aquellas que nos toca por vínculo de sangre y esa otra familia que adoptamos y que son las amistades con las que al final se crea un gran vínculo emocional.

En resumen, la frase nos indica que es necesario confiar en quien nos quiere bien e incluso participar con ellos en los nuevos proyectos que puedan nacer.

Respecto a los nacimientos, es como si se le dijera al consultante que pronto nacerá algo en su vida. Es evidente que podría ser un hijo, por tanto, hablamos del presagio de embarazos. Pero un hijo puede ser también aquel evento, acción o producto en el que ponemos mucho cariño y esfuerzo y que puede estar al nacer. El corazón que se expande y fortalece son las emociones, por ello, el consultante ha participado directamente en este nuevo nacimiento.

Efectuando una recesión o revisión al pasado, la frase nos indica que hubo un tiempo en que el vínculo familiar estuvo más unido o armonizado que en la actualidad. Precisamente dicha unión fue la que otorgó la fuerza y valor a las acciones que quizá ahora se estén perdiendo.

En cuanto al futuro, la frase es clara y directa: necesitamos alianzas, precisamos dejar de estar solos y tenemos que luchar por lograr aquello que nos proponemos, pero eso sí, con la ayuda de quienes son nuestros familiares.

◆ LÁMINA 15 ◆

«Los amigos en apuros
acaban conociéndose
mutuamente,
pero si tienes apuros,
evita siempre que
puedas que tus
enemigos te conozcan.»

Mal augurio, desde luego. Cuando en esta frase se nos menciona a los amigos verdaderos y lugo aparece el concepto de la enemistad, vemos claro que el proceso a vivir será complejo.

Ya hemos comentado que la familia puede ser la biológica o aquella otra que nace fruto de la amistad más pura. Ahora bien, las amistades no siempre son tan gratas, puras y desinteresadas como parecen.

La frase nos manifiesta que en cuestiones de amistades estamos bien arropados. Que no será necesario que le expliquemos a nadie por el tránsito que estamos pasando ya que sabrán encontrar la mejor forma de consolarnos. Ahora bien, la frase también nos dice que tengamos mucho cuidado con los enemigos que parecen estar cerca.

Es como si el consultante tuviera que pasar por un período de discreción total y absoluta en el que deba seleccionar de nuevo a sus amigos o, cuanto menos, llevar cuidado con lo que dice en su presencia, ya que quizá los enemigos no sean tan manifiestos como sea de esperar.

Por lo que se refiere a los aspectos de interpretación temporal entenderemos que el pasado ha estado marcado por la amistad, por el consuelo que ofrecían quienes querían bien al consultante, pero que ello pudo generar negatividad y problemas con otras personas. La frase sugiere que revisemos en el entorno más cercano la posible presencia de traidores.

En cuanto al futuro, todo parece indicar que la actuación, sea cual sea, debe estar marcada por la prudencia y la discreción, ya que esta será la única forma de no salir perjudicado. En cuando a los enemigos, al parecer el consultante pasará por ciertos períodos de tiempo en los que estará confundido o se sentirá solo, lo que le puede acarrear algún tipo de conflicto. De ser así, dichas emociones deberían permanecer ocultas o disimuladas para que no le perjudicasen.

Como hemos podido comprobar, la simbología interpretativa de estas frases es rica en matices, de ahí nuestro interés en que sea el propio lector quien reflexione sobre la frase cuando efectúe su lectura. Que no se quede con la interpretación que hemos ofrecido, ya que pese a ser la más completa, siempre se pueden ver las cosas según el color del cristal o, en este caso, de la emoción con que se mire.

ÍNDICE